La fantasía del pirata

Anne Oliver

WITHDRAWN

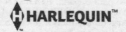

Editado por Harlequin Ibérica.
Una división de HarperCollins Ibérica, S.A.
Núñez de Balboa, 56
28001 Madrid

© 2013 Anne Oliver
© 2016 Harlequin Ibérica, una división de HarperCollins Ibérica, S.A.
La fantasía del pirata, n.º 2080 - 6.1.16
Título original: Mistletoe Not Required
Publicada originalmente por Mills & Boon®, Ltd., Londres.

I.S.B.N.: 978-84-687-7613-2
Depósito legal: M-34320-2015
Impresión en CPI (Barcelona)
Fecha impresion para Argentina: 4.7.16
Distribuidor exclusivo para España: LOGISTA
Distribuidores para México: CODIPLYRSA y Despacho Flores
Distribuidores para Argentina: Interior, DGP, S.A. Alvarado 2118.
Cap. Fed./Buenos Aires y Gran Buenos Aires, VACCARO HNOS.

Capítulo Uno

Olivia Wishart se aplicó una capa de brillo en los labios y comprobó su aspecto en el espejo.

–Vestido rojo, labios rojos –frunció el ceño–, pelo rojo –descolgó el vestido negro.

–Bonito, pero no para esta noche –su mejor amiga, Breanna Black, le arrebató el vestido–. Estás estupenda –le echó otro vistazo y asintió–. Te van a mirar.

–Me conformo con que me escuchen –la oportunidad de dar a conocer su obra benéfica a los contrincantes de la regata entre Sídney y Hobart era demasiado buena para desperdiciarla.

–No olvides que es Navidad –Brie le lanzó una boa de plumas blancas–. Esto te pondrá de humor.

–Supongo que te refieres a un humor festivo –Olivia hizo una mueca.

–Estaría bien para empezar –sugirió Brie entusiasmada.

La fundación Pink Snowflake era la razón por la que Olivia participaba en la regata. La fiesta que se celebraba en la mansión que dominaba la bahía de Sídney, un atractivo añadido.

–¿De verdad no te importa que compartamos la suite con Jett? –preguntó Brie por enésima vez.

–¿Ese misterioso hermano tuyo? –Olivia se calzó los altísimos tacones–, ya te dije que no. Es más, tengo ganas de conocerle.

–Hermanastro. Jett no es muy sociable. Ni siquiera estoy segura de que yo le guste.

–¿Cómo que no? –Olivia sonrió–. Aceptó tu invitación ¿no?

–Pero solo porque le falló el plan que tenía.

–Eso no lo sabes con seguridad –era el típico comportamiento irresponsable masculino.

–Me siento mal por no estar en Nochevieja, pero insistió en que no alterara mis planes por él –Brie suspiró.

–¿Y por qué ibas a hacerlo? Si estás en lo cierto, fue él quien cambió de idea y decidió venir.

Era evidente que al hermano que Breanna había estado buscando durante tres años le importaba un bledo. Aunque unidas como hermanas, Olivia había decidido no tocar el delicado tema.

–¿Cuándo aterriza?

–Llegará en cualquier momento –el móvil de Brie sonó–. Hola, Jett.

Olivia vio borrarse la sonrisa del rostro de su amiga.

–Sí, claro, de acuerdo. ¿Tienes la dirección de la fiesta? Nos veremos allí. Mándame un mensaje cuando llegues –se despidió Brie antes de colgar–. El vuelo se ha retrasado –echó un vistazo a su agenda y la sonrisa regresó–, lo cual me proporciona un par de horas para conocer al sexy patrón del *Horizon Three*.

–Haces bien –la animó Olivia–. Toma –le entregó una tarjeta de visita–, dásela y háblale de nuestra causa. Y recuerda, sexy o no, es nuestro contrincante.

–No te emborraches ni te líes con un extraño antes de que llegue yo –Brie ya marcaba el número del patrón del yate.

4

Olivia prefería despertarse con la cabeza despejada y sin lamentarse. Su amiga no opinaba lo mismo. Pero, diferencias aparte, formaban un buen equipo y confiaban la una en la otra.

–Te prometo no emborracharme.

–¿Y...?

–La fiesta es para patrones de yates, habrá hombres. Me da igual que sean extraños mientras sean ricos y estén dispuestos a desprenderse de una buena suma de dinero.

–Entonces, buena suerte y ten cuidado. Hola, Liam...

–Lo mismo te digo –murmuró Olivia mientras se dirigía al vestíbulo en busca del chófer.

El coche cruzó el puente, pero Olivia no se fijó en las luces del puerto. Su mente estaba puesta en la cita a la que acudía para hacerse las pruebas genéticas.

Tardaría semanas en tener los resultados, y un escalofrío le recorrió el cuerpo. Jamás se habría realizado la prueba si su madre no le hubiera hecho prometer, en su lecho de muerte, que lo haría antes de cumplir los veintiséis, la edad a la que le habían diagnosticado cáncer de mama a su abuela materna.

Ya no podía seguir negando la posibilidad de haber heredado la mutación genética.

Hasta ese momento se había negado a pensar en ello. Era Navidad, iba a competir en una regata y dirigía una asociación benéfica.

Tenía una vida que vivir.

**

Llegaba tarde. Jett Davies pasó junto al enorme árbol de Navidad que dominaba el vestíbulo, camino de otro tramo de escalera. La tercera planta era una zona de ocio desde la que se divisaba el puerto marítimo. Las luces iluminaban a los exclusivos invitados a la fiesta, a la que había acudido todo el que era alguien en el mundo de la navegación a vela, junto con sus glamurosas consortes o amantes. Allí estaban todos los que tuvieran suficiente dinero para desperdiciar en la regata Sídney-Hobart, una de las más importantes y difíciles del mundo.

Un mar de miradas inquisitivas se posó en él. Con la mirada al frente, se dirigió hacia una antigua escalera de caracol que había visto en un rincón. Con suerte, los empinados escalones desanimarían a todas esas mujeres con tacones. No buscaba una mujer, buscaba a su hermana, que le había enviado un mensaje en el que le informaba que se retrasaría por un problema con el coche.

Apoyado en la barandilla de un pequeño mirador, contempló el rastro de los ferris en el puerto.

Problemas con el coche. Breanna. No la conocía bien, pero sí lo suficiente para saber que no se trataba de ningún coche y sí de un hombre. Quizás tuvieran más en común de lo que pensaba.

La orquesta le atronó los oídos con una melodía navideña. No le gustaban las fiestas.

Entonces, ¿por qué había aceptado la sugerencia de su hermana para reunirse allí? En realidad iba a reunirse con más de una, porque su hermana compartía habitación con una amiga. Y eso le hizo formularse unos cuantos interrogantes sobre las braguitas color fresa y sujetador a juego que colgaban de la alcachofa de la ducha del cuarto de baño del hotel.

«Olvídalo», se recriminó. «Te doy diez minutos más, Breanna, y me marcho».

Los invitados empezaban a marcharse cuando Olivia al fin encontró un momento para sentarse tranquilamente en un rincón. Tomó un sorbo del cóctel, la primera gota de alcohol que probaba aquella noche, y contempló la iluminación del jardín.

«Date prisa, Brie».

Había dedicado toda la velada a promocionar Snowflake y estaba encantada con los resultados. Pero acababa de completar cinco intensos días de entrenamiento y necesitaba dormir.

Brie no contestó sus llamadas, aunque sí le envió un emoticono guiñando un ojo.

¿Había olvidado el acuerdo de reunirse al finalizar la velada? Pensó enviarle un mensaje informándole de que se marchaba. Hacía años habían hecho la promesa de estar siempre allí la una para la otra, y jamás habían faltado a esa promesa.

De repente, le llamó la atención un par de piernas que bajaba por una preciosa escalera de caracol. Aunque para Olivia los hombres no eran una prioridad, su radar emitió una pequeña señal de placer. Los pantalones negros cubrían unas larguísimas piernas, abrazando los muslos y un firme y redondeado trasero. La visión se hacía cada vez más atractiva.

El hombre descendió el último peldaño y, al verlo de cuerpo entero, Olivia tuvo que pestañear varias veces. Ahí estaba, el perfecto ejemplar masculino pidiendo a gritos que lo tocara.

Un extraño de aspecto delicioso y piel olivácea, una provocación para cualquier mujer que, gustosamente, deslizaría la lengua desde la barbilla hasta la perfectamente esculpida boca.

Sus miradas se fundieron y él no pareció muy contento de verla.

Le resultaba vagamente familiar. Imposible, pues jamás habría olvidado a un tipo así.

Tenía unos ojos negros, tentadores y persuasivos, y un escalofrío le recorrió la espalda a Olivia. Ese hombre exudaba el poder suficiente para doblegarla a su antojo.

Tenía mucho calor, como el que sentía en la cubierta de su yate en un soleado día navegando por Barbados.

Sus miradas seguían fijas y ella hubiera jurado que él había susurrado «problemas».

Y tanto. Problemas de los gordos. Nunca había conocido a un hombre que le hubiera provocado tal impacto. Y ni siquiera podía decirse que se conocieran.

El pulso de Olivia se disparó. El hombre se había movido con tal sigilo que no se había dado cuenta de que se interponía entre ella y la escalera que constituía la única vía de escape.

En la navegación las situaciones inesperadas y peligrosas se afrontaban de manera relajada y racional. Pasara lo que pasara, no huiría.

Con fingida indiferencia, se lanzó el extremo de la boa sobre un hombro, pero un estúpido hilo se quedó enganchado en sus labios.

–Hola.

Jett supo que era hora de irse al descubrir a Problemas, con los cabellos más rojos que hubiera visto jamás, hablándole con voz gutural, casi sin aliento. Y sin embargo era incapaz de apartar la mirada de esa pluma que se le había enganchado en el labio inferior y que intentaba arrancarse con pequeños soplidos. A su mente acudió la imagen de esa joven soplándole así en el estómago mientras le acariciaba el torso desnudo, las caderas, y más abajo.

«Limítate a devolverle el saludo y márchate. Rápido». Sin embargo, los pies avanzaron hacia ella y la mano se alargó para retirar la pluma de la bonita boca.

–Gracias –los ojos, de color menta azulada, chispearon.

Jett apretó los puños. Otra maldita Problemas con sentido del humor.

Le pareció percibir algo en la mirada divertida, pero ella la desvió, como si no tuviera intención de compartir lo que fuera con nadie.

–¿Algo interesante ahí arriba?

–No –«si tú quisieras, podría haberlo».

–Algo habrá. De lo contrario ¿a qué viene esa escalera?

–Solo un par de telescopios –él se encogió de hombros.

–¿En serio? Me encanta contemplar las estrellas.

Incluso en la penumbra veía las pecas que le cubrían la nariz. Era evidente que disfrutaba de la vida al aire libre. Sin duda se trataba de otra niña rica con mucho tiempo que perder.

–Yo diría que están pensados para observar el puerto.

–Por supuesto, ¿cómo no se me habrá ocurrido?

Olivia se acercó a la escalera de caracol y posó una mano sobre la barandilla. Tenía la piel bronceada y las uñas bien cortadas, aunque sin pintar. El escote era digno de mención. ¡Tenía que dejar de mirarla como un adolescente!

–¿Has echado una ojeada?

–¿Cómo? –la mirada de Jett se tiñó de culpabilidad hasta que comprendió que se refería al telescopio–. No.

–¿Por qué no?

–Porque… ¡Oye! No subas ahí arriba así.

De una zancada estuvo a su lado, sujetándola. El contacto le provocó una descarga en el brazo.

–¿Así, cómo? –Olivia lo miró con ojos desorbitados. Sin duda, ella también lo había sentido.

–Con esos tacones –Jett retiró la mano bruscamente–. Te romperás el cuello.

–Solo si… –uno de los tacones se enganchó en el peldaño–. Vaya, ya veo a qué te referías.

–¿Por qué no…? –él sacudió la cabeza.

–De acuerdo –Olivia se descalzó y soltó un sensual gruñido de placer que se clavó en la ya perjudicada libido de Jett–. ¡Qué alivio! –ella se los entregó por encima de la barandilla–. Aguántame esto hasta que vuelva.

–Yo… –los zapatos rojos aún conservaban el calor de los pies de la joven y olían a cuero.

Jett la vio subir. Tenía unas piernas fuertes, bien torneadas y bronceadas. Los suaves muslos desaparecían bajo el vestido. Rápidamente y sin esfuerzo, subía peldaño tras peldaño. Parecía habituada al ejercicio. ¿La mujer de un regatista?

Si él fuera el patrón de ese yate, la mantendría bajo cubierta durante todo el trayecto, para su exclusivo uso y disfrute. Desnuda y descalza. Esos pies despertaban su creatividad. Un poco de brandi y unos albaricoques maduros...

Jett volvió a sacudir la cabeza. No era momento para recetas de cocina.

Él no buscaba una mujer. Y debía recordárselo una y otra vez, porque su mente parecía haberlo olvidado. Estaba allí esperando a Breanna, su hermanastra, que estaría haciendo a saber qué con a saber quién. Debería regresar al hotel, dormir un poco. Lejos de Problemas vestida de rojo.

Lo malo era que tenía sus zapatos en la mano y no podía dejarlos ahí tirados sin más. Tampoco quería marcharse sin echarle un último vistazo. Lo cierto era que deseaba algo más que un simple vistazo. Mucho más.

Posó un pie en el primer escalón y tomó una decisión. Breanna no respondía a sus llamadas y allí arriba tenía una delicia para él solo. No necesitaba, ni quería, saber quién era. Acelerando el paso, subió la escalera con el estómago encogido y la boca hecha agua.

Olivia confiaba en que el galope de su corazón no resultara audible. Las pisadas que resonaban sobre los escalones de metal le hicieron volverse. De nuevo la visión de ese tipo la desestabilizó.

Se dirigió hacia el telescopio más grande para contemplar a los asistentes a la fiesta. Eso la mantendría distraída y le permitiría reflexionar sobre qué hacer.

Sentía la negra mirada acariciarle la espalda y la parte trasera de los muslos. El almizclado aroma masculino casi le provocó un vahído. La idea de mirar por el telescopio resultó un fracaso, pues ni siquiera sabía si estaba enfocando o no. Y en cuanto a reflexionar sobre qué hacer, lo único que se le ocurría era saborear esos labios.

—Impresionante —murmuró.

—En eso te doy la razón.

Olivia se volvió. El hombre no miraba las luces del puerto, sino a ella.

—¿Participas en la regata? —consiguió preguntar.

—Ni hablar.

—¿No te va la navegación?

— He venido por la comida gratis —Jett se encogió de hombros.

—De modo que fuiste tú el que acabó con las gambas —Olivia soltó una carcajada—. ¿Has bailado?

—No soy el ladrón de gambas —él sacudió la cabeza y sonrió— y, dado que no me lo has pedido, esta noche no he bailado.

En cambio ella, con la obsesión de explicar su proyecto benéfico a todo el que quisiera escucharla, se había matado en la pista de baile.

—No te vi…

—No llevo mucho tiempo —reconoció Jett—. De todos modos, la *Macarena* no es lo mío.

—¿Ni siquiera la versión navideña con sus campanillas?

—No me va la Navidad —él se acercó a la barandilla y contempló el puerto.

—¿En serio? —preguntó ella—. ¿Por el muérdago, el ponche, Papá Noel, o es algo más personal?

–En dos palabras: mercantilismo navideño –Jett se volvió hacia ella.

–No tiene por qué ser así –Olivia no se lo tragó–, a no ser que tú lo permitas.

–En cualquier caso –Jett se encogió de hombros–, ¿quién necesita muérdago? Si te apetece besar a alguien deberías hacerlo sin más, ¿no crees? –él se inclinó ligeramente hacia ella–. ¿Por qué esperar a Navidad?

–Eso dependerá de si la otra persona quiere que la besen –ella intentaba convencerse de que no lo deseaba, pero cada músculo de su cuerpo se tensó–. Un besito festivo bajo el muérdago siempre es divertido –y mucho más seguro que un rincón oscuro y apartado.

–¿Siempre? –él enarcó las cejas.

Estaba al alcance de su mano y Olivia sentía el calor que irradiaba el fornido cuerpo.

–Normalmente –se corrigió ella con una risita nerviosa–. Con unas cuantas copas, suele ser inofensivo –a diferencia del reducido espacio que los separaba.

¿Había dicho inofensivo? Era una conclusión inevitable. Ese extraño iba a besarla y ella iba a permitírselo. La excitación hacía vibrar su cuerpo como un enjambre de hormigas rojas.

–Pues convénceme de que la Navidad se merece todo este jaleo –murmuró Jett mientras le tomaba un mechón de cabellos entre los dedos.

–¿Por dónde empiezo? –Olivia se esforzaba por recuperar la compostura.

–Refréscame la memoria. ¿Papá Noel es lo mismo que Kris Kringle?

–No necesariamente –ella decidió lanzarse al

vacío–. En primer lugar, y sobre todo –lo miró a los ojos a pesar de que las piernas apenas la sujetaban–, debe permanecer un secreto.

–Confía en mí, no se lo contaré a nadie –la seductora voz bañó a Olivia.

–¿Confiar en ti? Y por cierto ¿dónde están mis zapatos?

–A salvo –Jett bajó la mirada al suelo–. Me gustas descalza.

–A mí también. Resulta liberador.

Un extraño brillo asomó a la mirada de Jett y Olivia tuvo la sensación de que le estaba chupando los dedos de los pies uno a uno–. ¿Serás mi Papá Noel?

–Por ti –él le deslizó un dedo por el escote a la joven–, podría. ¿Te acuestas con alguien?

El extraño formuló la pregunta como si tal cosa. Olivia sintió una tensión jamás experimentada en el estómago y las mejillas se tiñeron de rojo.

–No creo que sea asunto tuyo –la confusión se mezcló con irritación ante tanta arrogancia.

–Lo es si voy a besarte tal y como me gustaría hacerlo –los dedos se deslizaron hasta los labios de Olivia.

De inmediato, ella sintió arder esos labios y la tirantez del estómago se transformó en un nudo. ¿Qué tenía ese hombre que le hacía perder todo sentido de precaución?

Estaba claro que sufría enajenación mental transitoria.

Con los años se había acostumbrado a que los hombres la acusaran de ser intimidante o cerrada. Todo su tiempo y energía se lo habían llevado Snowflake y sus estudios, y no le había quedado tiempo para nada más, sobre todo para relaciones fugaces y esporádicas. Tenía cosas más importantes que hacer, como ayudar a las personas con enfermedades terminales.

Pero era Nochebuena y la locura transitoria la había golpeado de lleno, pues lo único en lo que podía pensar era en besar esos labios. Solo por esa noche.

—Cuando una mujer me dice que no es asunto mío —Jett la observaba como si le leyera el pensamiento—, suele querer decir que desea que la bese, independientemente de con quién se esté acostando.

—Es evidente que no me acuesto con nadie. De lo contrario no estaría aquí hablando contigo —espetó ella airada—. Y si crees que soy de esa clase de mujer, tienes muy mal gusto y nosotros nada en común.

—Al contrario, tengo muy buen gusto para las mujeres. Si no te creyera, no volverías a verme.

—De acuerdo —Olivia se relajó un poco. Más o menos—. Porque quiero… quiero que me beses.

—Me alegra haberlo aclarado —él enrolló otro mechón de sus cabellos entre los dedos.

—Yo también.

—¿Dónde estábamos?

—Papá Noel —ella se humedeció los labios.

—Ah… —un diablo sonriente asomó a los ojos negros mientras Jett deslizaba las manos por los brazos de Olivia.

—Lo malo es que tienes más aspecto de pecador que de Papá Noel —ella se estremeció.

—¿Y cuál de los dos prefieres que sea? —susurró Jett con los labios casi pegados a los de ella.

Capítulo Dos

Ese tipo leía la mente, pues no dudó de que preferiría el pecado. El masculino cuerpo se endureció contra el suyo mientras los dedos se cerraban en torno a su brazo. Olivia percibió unos reflejos dorados en el iris negro, y vio su propio deseo reflejado en ellos.

Que Dios la ayudara, pues lo que necesitaba aquella noche era experimentar algo malo y salvaje. Quería lanzarse a las negras profundidades y rendirse a la promesa de placer que leía en ellas.

Salvo que el escenario, producto de sus más íntimas fantasías, se había vuelto real y todo estaba sucediendo a velocidad de vértigo.

–Espera –Olivia apoyó una mano en el torso del hombre, duro como el acero, pero cálido y acogedor–. Espera.

–¿Todo bien? –él se apartó ligeramente–. Porque si no…

–Estoy bien –ella respiró hondo–. Muy bien –al menos lo estaría cuando pudiera acompasarse al ritmo de ese dios, endemoniadamente atractivo, que tenía enfrente.

–Te diré una cosa –continuó él–. ¿Por qué no…?

–Eso es ¿por qué no…? –Olivia le rodeó el cuello con la boa y tiró con fuerza de los extremos.

Los ojos negros emitieron un destello de sorpresa cuando Olivia se puso de puntillas y lo besó.

16

Desde luego ese hombre sabía besar. Mientras sus labios se fundían, ella estuvo casi segura de oír un chisporroteo. La chispa surgida entre ellos desde que se habían mirado por primera vez estalló en un incendio en la parte más baja de su estómago, enviándole oleadas de excitación por todo el cuerpo.

–¿Te gusta tener el control, cielo? –una sonrisa pícara asomó a los labios de Jett.

En otra circunstancia, oírle decir «cielo», la habría irritado, pero no tuvo tiempo, porque los masculinos labios ya estaban sobre los suyos. Violentos, mágicos, irresistibles.

Decidida a no quedarse atrás, Olivia igualó el entusiasmo del joven y se apretó contra él arqueando la espalda. El sabor masculino llenó su boca a medida que los alientos se mezclaban y las lenguas se encontraban en una sensual danza.

Ese hombre sabía a riqueza, poder y persuasión, peligro, y una fuerza de voluntad equiparable a la suya propia. Por primera vez en su vida se preguntó si un hombre, ese en concreto, podría ser demasiado para ella.

Sin embargo, no era más que un inocente flirteo en un balcón. Y la Nochebuena era propicia para locuras y caprichos.

Con gran avidez, ella exploró su cuerpo. Músculos de acero y áspero vello que asomaba por el cuello desabrochado de la camisa. Ese hombre era un regalo y ella una niña el día de Navidad.

Jett también tenía las manos ocupadas. Cálidas y firmes, se deslizaron por la espalda de Olivia. Ella sintió un escalofrío cuando le bajó la cremallera, lo único que la separaba de la desnudez, salvo por las braguitas rojas.

En un balcón a escasos metros de cientos de personas.

Con un desconocido.

Quizás había llegado el momento de vivir peligrosamente.

–Lo sabía –Jett consiguió, a duras penas, despegar los labios de los de la mujer–. ¿Ha sido un estremecimiento de placer y anticipación o necesitamos el muérdago?

–Decididamente no necesitamos muérdago –ella sonrió y le ofreció una mirada chispeante.

–Menos mal, porque no tenía ni idea de dónde encontrarlo.

–¿Por qué has dicho «lo sabía»?

No había sido su intención decirlo en voz alta, y culpó de ello a un duro día de trabajo después de una larga noche. Deslizó las manos por el femenino cuerpo y se detuvo en las caderas.

–Me refería a que eres una refrescante sorpresa para el final de un aburrido día.

–¿Nada de problemas? –Olivia posó las manos sobre las de él.

–Problemas enormes –él frotó la nariz contra la suya.

–Viviré con ello –impenitente, ella rozó los labios de Jett con los suyos–. ¿Y tú?

–Mmm –Jett chupó los dulces labios. Sabían a fresa, piña y un toque de vodka–. Yo también –murmuró antes de probar otro poco.

La erección pulsaba dolorosamente como si se tratara de la primera vez. La cabeza le daba vueltas, ebria del olor de su piel, sus cabellos y el modo en que se frotaba contra él. No era la falta de sueño lo que lo volvía loco, era ella.

La locura estaba bien, tanto como los cálidos labios de esa mujer. Había trabajado sin descanso durante meses y había llegado el momento de cambiar de ritmo.

—Quizás al final esto de la Navidad tenga su atractivo —murmuró él al oído.

—Desde luego —ella sonrió y le rodeó el cuello con los brazos. Olía a albaricoque y pepino.

Jett soltó un gruñido y la empujó contra la pared. Impaciente, se apretó contra ella sin molestarse en tomar siquiera un minuto para admirar la belleza pelirroja de la complaciente desconocida. Olivia reaccionó basculando las caderas y emitiendo un pequeño gemido de rendición, clavándole las uñas en los hombros.

—Sí, cielo, tengo lo que quieres —le deslizó una mano hasta la nuca y continuó saboreando las delicias de sus labios. La otra mano cubrió un pecho y jugueteó con el endurecido pezón.

Un nuevo gemido escapó de los labios de Olivia animando a Jett a sustituir la mano por su boca. A través de la seda del vestido, mordisqueó el pezón antes de introducirlo en la boca y chupar. El placer de esa mujer era su tortura, pues allí no podía hacerlo.

Jett contempló los ojos azules teñidos de deseo mientras deslizaba el vestido hacia arriba.

—Te gusta lo que te hago.

Ella apretó los labios, aunque no pudo contener un suave gemido.

–Hay más –le prometió él mientras sus dedos exploraban la cara interna de los muslos.

Olivia miró hacia la escalera.

–Nadie va a subir aquí –le aseguró él.

Ella lo miró con ojos desorbitados y expresión incrédula antes de dejar caer los brazos.

Jett sintió una oleada de satisfacción. Ya era suya. Al menos lo sería antes de que acabara la noche.

–Oye –murmuró él, describiendo pequeños círculos con los dedos–. Elegiste al pecador. Colabora.

–Yo… –Olivia sacudió la cabeza.

–Buena decisión –los dedos de Jett encontraron la ropa interior de raso. Estaba húmeda y caliente, y supo que casi había alcanzado su objetivo.

Pero de repente la mujer se tensó y empezó a mordisquearse el labio.

–¡Es Navidad! –la animó él.

–Pero…

–Muy bien, olvida al pecador –él acalló sus protestas con un lento beso hasta que la sintió rendirse de nuevo–. Jugaremos a Papá Noel y no hará nada que tú no quieras. Tú mandas.

¿Mandar? Olivia se habría reído de no estar cegada por el deseo y una urgencia que no había experimentado jamás.

Tomar esa copa había sido un error. En circunstancias normales, debería haber sido capaz de controlarse. Nunca había tenido problemas para resistirse a un hombre, pero ese no era un hombre cualquiera. Era un diablo, persuasivo y muy listo. Tenía las manos dentro de sus braguitas, tocándola, excitándola con el más ligero roce sobre sus partes más delicadas. En cualquier momento iba a estallar en pedazos y jamás volvería a ser la misma.

–Llega para mí –la voz que le susurraba al oído transportó a Olivia a paraísos inexplorados.

La música de Coldplay le hizo regresar a algo parecido a la realidad. Brie. Con manos temblorosas, sacó el móvil del bolso. Su amiga le sonreía desde la pantalla.

–A buenas horas llamas –Olivia frunció el ceño.

–¿Una emergencia? –Jett se detuvo, aunque sus manos permanecieron dentro de las braguitas.

–No lo creo, pero…

–Pues deshazte de quien quiera que sea.

–No –el tono autoritario de ese hombre le irritó. Por tentador que le resultara, no podía, no quería, ignorar a su amiga–. Tengo que contestar.

Olivia intentó infructuosamente apartar las manos del joven, y al final consiguió contestar la llamada.

–Hola –saludó casi sin aliento, luchando con todas sus fuerzas para no retorcerse contra las manos que seguían en sus braguitas–. ¿Todo bien?

–Genial. ¿Por qué has tardado tanto en contestar?

–Yo… –Brie no era la única que se sentía genial. ¡Qué demonios!–, estoy siendo seducida por un hombre vestido de negro. Mi Papá Noel pecador.

–Es cierto –susurró él.

Olivia apretó los labios con fuerza para no sonreír y gritar al mismo tiempo.

–Bueno –tras una pausa, Brie reanudó la conversación–. Siento haberme retrasado, pero ya estoy aquí. ¿Sigues en la fiesta? Te he buscado por todas partes.

–Sí… ¡Dios mío!, ese hombre estaba haciendo cosas increíbles con el pulgar.

Era imposible mantener una conversación coherente en esas circunstancias. Los dardos de placer se le clavaban por todo el cuerpo.

—Sigo… aquí. Ya… te lo dije.

—¿Dónde? –preguntó Brie con impaciencia.

—Ahora mismo no soy buena compañía.

—No estoy de acuerdo –murmuró Jett contra sus pechos.

—¿Qué? –la voz de su amiga sonaba confusa–. ¿Estás con alguien?

—Debe ser… –una brisa refrescó ligeramente el infierno desatado en su interior mientras el Papá Noel pecador asumía el control y la llevaba a la cima del placer y el deseo.

—¿Qué has querido decir? Ken espera. Quédate donde estás, voy a buscarte.

—No, ya voy yo.

Era justo lo que iba a hacer. Una ráfaga de chispas estalló ante ella y la mano que sujetaba el teléfono se deslizó por un costado mientras el mundo se retiraba ante la inminencia del tsunami.

De su garganta surgió el sonido, parte súplica, todo placer, mientras coronaba la cima y se lanzaba al vacío.

Un suspiro escapó de sus labios. Apretándose contra el fornido cuerpo del joven y la espectacular erección, Olivia descendió lentamente a tierra. No es que fuera virgen, pero ningún tipo le había hecho algo así jamás.

Esas caricias habían transformado a una mujer racional, disciplinada y sensata en un ser tembloroso, fuera de sí. En alguien a quien no reconocía.

Olivia echó la cabeza hacia atrás y lo miró, grabando las facciones en su mente antes de besarse los dedos y tocarle el rostro.

–Feliz Navidad.

–Olivia –de alguna parte cerca del codo izquierdo, ella oyó la voz de Brie–. ¿Estás borracha?

–No –solo que no era ella misma. Sin apartar los ojos del extraño, se llevó el móvil a la oreja–. Te veo en el aparcamiento. Dame dos minutos.

Colgó la llamada y empezó a alejarse de él. Recuperada la cordura, solo quería estar sola y pensar en lo que acababa de hacer. Lo que él acababa de hacer. «¡Por Dios!». Los músculos se le contrajeron al recordarlo. Ella no practicaba sexo casual en un balcón. No sabía qué decir.

–Gracias –fue la opción ganadora.

–¿Ya está? –el extraño la agarró del brazo–. ¿Gracias?

–Sí. ¿Qué más quieres que te diga?

–¡Aún no hemos terminado! –rugió él.

Ella desvió la mirada, sintiéndose floja ante el magnífico despliegue de masculinidad que tenía delante. Una pena que no fuera a disfrutarlo en toda su magnitud.

–Lo siento. Lo siento de veras –«ni te imaginas hasta qué punto»–, pero mi amiga espera.

–Entonces date prisa –el hombre permaneció quieto, con expresión peligrosamente imperturbable–. Y ten cuidado con los escalones.

Olivia sintió un escalofrío recorrerle la nuca, aunque sabía que no había sido una amenaza, sino una advertencia. No sabía si disimulaba la irritación que le producía su separación, sin siquiera saber sus nombres, o si sentía alivio de que solo se hubiera tratado de un revolcón navideño.

Coldplay volvió a sonar.

—Treinta segundos, Brie —contestó Olivia—. ¿Ya te has reunido con Jett? —se sentía orgullosa del tono casual del que había impregnado la pregunta.

—Olvida a Jett —contestó su amiga—. Sin duda se ha olvidado de mí. Ya encontrará el camino.

Olivia aflojó la marcha al ver a Brie dando vueltas junto al coche. Su amiga ya la había visto. Alzando una ceja, le dedicó una sonrisa burlona, sin duda ante el aspecto arrebolado que presentaba.

—Vamos.

—¡Papá Noel pecador! —su amiga no se movió del sitio—. No exagerabas ni un poquito.

—Es Navidad —Olivia corrió al coche—. ¿A qué esperamos?

—Menudas prisas —Brie la contempló detenidamente—. Cenicienta solo perdió un zapato.

—Da igual. Gracias, Ken —murmuró al chófer mientras entraba descalza en el coche—. Solo son un par de zapatos.

Su amiga la siguió y Ken cerró la puerta. Brie pulsó un botón para subir la mampara y el coche arrancó.

—¿Dónde está el resto de mi boa? —preguntó mientras le quitaba una pluma pegada al hombro.

—He captado el tonito en tu voz, Brie —Olivia cerró los ojos, pero solo consiguió ser más consciente del tumulto desatado en su interior—. Y te advierto que así no conseguirás nada.

—Las mejores amigas lo comparten todo.

–No hay nada que compartir –las mejillas de Olivia se incendiaron–. Nada de nada.

–¡Claro, y yo me lo creo! –exclamó su amiga–. ¿Nada de nada?

–Bueno, no mucho.

–¿No mucho?

–No. Sí. No. Da igual.

–¿Cómo se llama? ¿Volverás a verlo?

–A las dos preguntas, no.

–Oh –Brie parecía defraudada.

–Y aunque supiera su nombre, no te lo diría. Además, tú no me has hablado de Jett.

–Jett es mi hermano, no mi amante. Y si tanto te interesa, no he hablado nunca de Jett porque me pidió que no lo hiciera.

–¿Por qué? Espero que no haya hecho nada malo. ¿Ha estado en la cárcel?

–No –su amiga rio–. Nada de eso. Pero es conocido.

–¿Es un famoso? De serlo, lo conocería.

–Livvie, has estado tan centrada en tus estudios y tu trabajo y montando Snowflake, que lo dudo. En el fondo lo que quieres es desviar la conversación de ti.

–Te lo he dicho. De acuerdo, no te lo he dicho –ella bajó la ventanilla del coche–. No… pero él… yo… –sin poder evitarlo, sonrió–. Fue toda una experiencia orgásmica.

–¡Vaya!

–Completamente –de repente, Olivia sintió una opresión en el pecho que descartó de inmediato–. Papá Noel pecador solo existe en Nochebuena. Desaparece a medianoche y… –consultó el reloj–, ya es más de medianoche.

Oficialmente era Navidad. Si el misterioso hermano aparecía, se suponía que iban a comer con él, y si no aparecía, estarían tan ocupadas los siguientes días que Brie no podría contactar con él.

–¿No has tenido noticias de Jett?

–Me envió un mensaje diciendo que iba de camino a la fiesta –Brie se encogió de hombros–. Desde entonces, nada.

–¿Sabe que participas en la regata?

–Sí. Dado que iba a venir a Sídney de todos modos, le sugerí celebrar juntos la Navidad. Quizás no haya sido tan buena idea.

–Aparecerá, Brie. Y me muero de ganas de conocerlo.

Jett contempló la huida de la joven, cabellos rojos al viento, aliviado por no haber ido más lejos. Sin embargo, la noche no habría podido ser más caliente si no hubiera descubierto de quién se trataba. Acomodó la protuberante hinchazón que aún tardaría un buen rato en bajar.

Problemas con ropa interior color fresa. Envolviendo los deliciosos pechos.

Se quitó la boa de plumas que seguía rodeándole el cuello y la guardó en el bolsillo del pantalón. Olía a su piel. Albaricoques y pepino.

Había estado a punto de seguirla para devolverle los zapatos, para persuadirla. Seguro que en alguna parte del mundo seguía siendo Nochebuena. Entonces, le había oído pronunciar su nombre.

Había estado tonteando con la amiga de Breanna.

Una árida carcajada escapó de sus labios. ¿Cuáles eran las probabilidades? Asomado al balcón, escudriñó el aparcamiento. Allí estaba. Breanna. Y no tuvo que esperar mucho para ver los rojos cabellos ondear al viento y desaparecer dentro del coche.

Jett necesitaba enfriarse un poco. Cinco minutos. Esa mujer no tenía ni idea de quién era. Podría haber disfrutado una velada con alguien que no estuviera con él por su nombre y fama.

La amiga de Breanna.

Sexy.

Disponible.

Mala idea.

Frunció el ceño con la mirada fija en la pared contra la que ella se había descompuesto bajo sus caricias, el vestido subido, los muslos temblorosos y los gemidos de placer inundándolo todo. El olor de su excitación permanecía en el ambiente. Tendría suerte si conseguía dormir esa noche.

En cuanto la había visto, había sabido que solo le generaría problemas.

Pero, y no pudo evitar sonreír, los problemas nunca se le habían presentado en un envase tan atractivo.

Capítulo Tres

—Esto es vida.

Tras cinco días de duro entrenamiento, Olivia disfrutaba del tradicional desayuno navideño compuesto por champán, fresas y pastas.

Brie, con el mismo aspecto relajado que Olivia, estaba tumbada en una hamaca contemplándose las uñas de los pies, recién pintadas de verde.

—En un par de días te aburrirías de esto.

—Cierto. Debería acercarme al gimnasio.

—De eso nada —su amiga mordisqueó un cruasán—. El ejercicio está prohibido hoy.

—Si tú lo dices —Olivia se dejó caer, casi aliviada, en la tumbona.

Qué fácil era de seducir. Seducir. Ejercicio. Calor, humedad, sudor.

—Mejor la piscina. Unos veinte largos.

—¿Después de este desayuno? —Brie la miró por encima de las gafas de sol—. No lo creo. Lo que te pasa es que te sientes culpable por ceder a los placeres con Papá Noel pecador.

—Tienes razón —el recuerdo le provocó un escalofrío por todo el cuerpo a Olivia—. Nunca pensé que el pecado pudiera ser tan divertido.

—Pues ya lo sabes.

Había mantenido una breve relación con un chico

hacía años, pero desde que conoció a Brie en el sanatorio donde agonizaban su madre y el padre de Brie, se había concentrado en poner en marcha Pink Snowflake y no había tenido tiempo para relaciones.

Pero la noche anterior había despertado una parte de ella que permanecía dormida desde hacía años.

–¿Estuvo bien?

–Ese hombre tiene las mejores manos que he visto –Olivia suspiró–. Y sabe cómo usarlas.

No servía de nada recrearse en los recuerdos y optó por cambiar de tema.

–Al final Jett consiguió llegar –lo había oído entrar la noche anterior–. ¿Se perdió?

–No lo creo –Brie removió el café con una cucharilla–. Dijo algo sobre llegar tarde a la fiesta.

–Buenos días.

La profunda voz masculina hizo que Olivia diera un brinco.

–Hola –la sonrisa quedó congelada en sus labios.

¿Cómo la había encontrado? «¿Qué hace aquí?». Sin embargo, ya sabía la respuesta.

Jett.

Se apoyaba con suma naturalidad en el quicio de la puerta. Riéndose de ella. Engreído. Cada indignado vello de la nuca de Olivia se erizó.

Jett llevaba pantalones cortos, polo blanco y calzaba sandalias marrones. Junto a la puerta descansaban un par de sandalias rojas de altísimo tacón.

–Al fin te has despertado –Brie no se dio cuenta de la delatadora evidencia–. ¿Has dormido bien?

–Teniendo en cuenta las circunstancias… –contestó él con la mirada puesta en Olivia.

Esos ojos. Eran los ojos de Brie. ¿Cómo se le había podido pasar?

—Feliz Navidad —Brie le dio un beso en la mejilla—. Jett, te presento a mi mejor amiga, Olivia Wishart. Liv, este es Jett Davies, mi hermano.

—Ya he tenido el placer —él asintió y a su rostro asomó una sonrisa.

Ante la mención de la palabra «placer», Olivia sintió una punzada de culpabilidad. Qué escandaloso e inadecuado por su parte mencionarlo. Aunque su baja estatura la situaba en desventaja, se puso de pie. El sol bañaba la ya bronceada piel y ella sintió que le flaqueaban las piernas.

—Pero siempre ayuda ponerle un nombre al rostro —espetó ella al fin.

—¿Os conocéis? —perpleja, Olivia miraba de uno a otra.

—Anoche —Jett habló en tono de acusación, o desafío, antes de recoger los zapatos del suelo—. Te las dejaste, Cenicienta.

Horrorizada, ella contempló esos dedos que tanto placer le habían proporcionado. Al no hacer el menor gesto por recuperar las sandalias, Jett las volvió a dejar junto a la puerta con una perezosa sonrisa, recorriéndole el cuerpo con la mirada y deteniéndose en los pies, de nuevo descalzos.

—Espero que no fueran tus únicos zapatos.

—No —ella respiró hondo, avergonzada, furiosa. De no estar Brie, le explicaría con detalle qué podía hacer con esas sandalias—. Tengo más. Se me olvidan fácilmente. Me gusta andar descalza.

—Lo tendré en cuenta —la sonrisa de Jett se amplió.

—¿Para qué? —Olivia ocultó las manos tras la espalda para disimular el temblor—. ¿Por qué sonríes?

—¿Y por qué estás tan tensa? —sin dejar de sonreír, él se encogió de hombros.

—¿Olivia? —la voz de Brie interrumpió la conversación—. ¿Podrías ayudarme en la cocina?

—Aquí no hay cocina —le recordó ella a su amiga sin apartar los ojos de Jett—. Vosotros dos poneos al día, yo voy a nadar un poco antes de ducharme y prepararme para la fiesta de Navidad. Espero que tengas ganas de comer con Brie, Jett, tanto como ella de comer contigo.

La fuerza de la mirada asesina y la nada sutil alusión a la comida navideña sorprendieron a Jett.

—Ya te digo —él la observó recoger los zapatos y disfrutó de la visión del intocable trasero y dorados muslos al inclinarse. Olivia entró en la suite y desapareció de su vista.

—Debe de estar enfadada conmigo. Será por ese asunto de la Navidad.

—¿Asunto de la Navidad? —murmuró Brie—. Supongo que te refieres a lo de Papá Noel pecador.

—Eso también.

—¿No os presentasteis?

—¿Para qué? No fue más que… —Jett se interrumpió—. ¿Crees que debería…?

—No. Si yo fuera ella, preferiría estar sola. ¿Cuánto tiempo llevabas ahí?

—Lo bastante.

—Muy bien. Te lo dejaré claro, Jett.

A Jett siempre le inquietaba ver sus propios ojos en los de su hermana.

–Olivia es mi mejor amiga. También es la persona más generosa y considerada que conozco. Durante los últimos años ha estado tan ocupada estudiando y poniendo en marcha su propia fundación benéfica que no ha tenido nada parecido a una vida social.

–Vamos al grano. Esto va de Olivia y de mí.

–Y me parece bien. Eres mi hermano, Jett, y me importas. Lo creas o no, lo quieras o no, es lo que siento. Pero también me importa Livvie. Ella es como una hermana para mí. Ten cuidado.

–Oye, tranquila –él se sentía incómodo–. No necesito que te preocupes por mí, pero gracias.

–Jamás perdonaré a papá por lo que te hizo –ella lo miró como a un cachorrito herido.

–Olvídalo –murmuró Jett.

–Por eso me mantengo al día de lo que publica la prensa sobre ti. Conozco bien tu reputación con las damas.

–¿Y? –¿lo había vigilado los tres últimos años?

–Olivia no es así.

–Entonces anoche no era ella misma.

–No sé nada sobre anoche –Breanna agitó una mano en el aire–, no estuve allí. Solo quería explicarte cómo es, quién es. Normalmente.

–De todos modos, apenas me dirige la palabra. No pienso poner un dedo sobre ella, ni nada más.

«A no ser que ella me lo pida». Jett se puso duro solo de pensar en la noche anterior.

–Yo no digo que no te diviertas, Jett –su hermana se sentó en una tumbona–. Ella, desde luego, se merece un poco de diversión. Pero… –se encogió de hombros–. Está bien. Ya sois mayorcitos.

—No pasará nada —le aseguró él—. Mañana participas en la carrera. ¿Navega ella contigo?

—Livvie es la razón por la que participo. Hemos navegado juntas un montón de veces —Breanna sonrió—. Me muero de ganas. Están siendo unas Navidades fantásticas.

—Sí, claro —él desvió la mirada hacia el puerto. Y decidió no contarle a su hermana que el veinticinco de diciembre solía hacer cualquier cosa, salvo celebrar las fiestas.

Tras cancelarse el viaje a Tailandia, había decidido aceptar la invitación de su hermana, pero no había sido consciente de que aceptaría pasar un auténtico día de Navidad en familia hasta que ya había sido demasiado tarde.

—Me echaré una siestecita —Jett se echó en otra tumbona y cerró los ojos—. Anoche apenas dormí.

—De acuerdo —ella carraspeó—. Voy a ducharme.

—Muy bien —la mención de la ducha le recordó a Jett la ropa interior color fresa que ya había desaparecido del cuarto de baño.

—Date prisa, mamá.

Ella siempre llegaba tarde al colegio. Jett había ido solo aquella mañana porque había sido incapaz de despertarla. Había pasado tanta hambre que le había preguntado a la profesora si podía pedir un sándwich en la cafetería. Solía hacerlo cuando su madre se quedaba sin dinero.

Pero entonces habían aparecido unos extraños y se lo habían llevado a otra casa y le habían explicado que su mamá había pasado a mejor vida. Él no estaba seguro de qué significaba aquello, pero sí que jamás volvería a verla. Había llorado un montón porque ella le había dicho que lo amaba y le había prometido que algún día se irían a vivir con su padre a una enorme casa y que no les faltaría de nada.

La señora le había dicho que iba a vivir con otros niños como él, que se divertiría un montón y que haría muchos amigos. Y lo había intentado. Pero no se había divertido, y los demás niños se metían con él porque era más pequeño. Y había peleado, y ellos le habían dicho que era problemático y le habían enviado a otra casa, y luego a otra. ¿Quién necesitaba unos estúpidos amigos? Su padre se lo llevaría de allí y lo arreglaría todo.

Y mientras esperaba, soñaba. Su padre lo abrazaría como solía hacer su mamá en los días buenos, y le diría que llevaba tiempo soñando con ese día.

Y un día le anunciaron que su padre quería invitarlo a casa por Navidad. Serían sus primeras Navidades de verdad, con pavo, árbol, regalos y todas esas cosas. Quizás su padre le había comprado una bicicleta y le enseñaría a montar, y le diría que lo amaba y que quería que se quedara para siempre. Le habría preparado su propia habitación con una cama de piratas y una lámpara de piratas. Le gustaban los piratas.

Pero al llegar a la casa, el hombre de sus sueños lo había mirado con tristeza y no había sonreído. Dentro, esperaba una señora. Jett no comprendía por qué esa señora no lo miraba y por qué había abandonado la habitación con ojos llorosos. Entonces su padre le había presentado a un diminuto bebé, con unos ojos idénticos a los suyos, y le había dicho que se llamaba Breanna. Era su hermana. Y de repente el hombre ya no parecía triste. Sonreía y le permitió acariciar las suaves mejillas. Era el mejor día de su vida.

Pero la señora volvió y se llevó al bebé, y su padre le explicó que no podría formar parte de esa familia. Jamás.

Jett se acarició la rasposa barbilla. Navidad. Se sentía igual de mal que siempre.

El pequeño bebé que lo había echado de la familia resultó ser, sin embargo, una luz en su vida. Seguía sorprendiéndole que Breanna lo hubiera buscado cuando, tras la muerte de su padre, había descubierto la existencia de un hermano.

—¡Tú! —exclamó una cortante voz femenina.

—Hola, Problemas —Jett sonrió, todavía con los ojos cerrados—. Anoche no dormí demasiado.

—Tus hábitos de sueño no me preocupan.

El fresco aroma a pepino y albaricoque llegó hasta su nariz y al fin abrió un ojo. Olivia se había duchado. Sus preciosos cabellos rojos acariciaban los elegantes hombros. Un vestido corto abrazaba sus curvas, unas curvas que había conocido hacía menos de doce horas, y que habría conocido aún más si Breanna no hubiese telefoneado a su amiga.

Olivia se sonrojó visiblemente cuando él estudió sus atributos y, rápidamente, desvió la mirada.

—¿Estás segura de eso? —él sonrió—. ¿Por qué no te sientas y lo hablamos?

—Como te decía… —inesperadamente, Olivia tomó

una silla y se sentó frente a él–, no es más que el habitual e irresponsable comportamiento masculino.

–Es que soy un hombre –señaló Jett–. Pensé que te habrías dado cuenta anoche. Y sí, se trataba del típico comportamiento de un hombre frente a una mujer sexy que desea lo mismo que él. Lo que no me cuadra es lo de irresponsable. Sé lo que es el sexo seguro.

–No tienes ni idea de lo que estoy hablando ¿verdad? –ella respiró hondo.

–Pero estoy seguro de que me lo vas a explicar.

–Anoche…

–Anoche… –repitió él. Había padecido una erección que sería la envidia de la mayoría de los hombres, y se lo iba a hacer pagar.

–Ni se te ocurrió que Brie esperaba noticias tuyas –Olivia se aclaró la garganta–. Ni te molestaste en llamar para hacerle saber dónde estabas.

–Ese es el motivo por el que no permito que las mujeres permanezcan mucho tiempo junto a mí.

–Brie no es cualquier mujer, es tu hermana. Le dijiste que ibas camino de la fiesta y eso fue lo último que oyó de ti. Mientras tú te divertías con una desconocida, ella estaba preocupada por lo que podría haberte sucedido.

–La desconocida eras tú –él enarcó las cejas.

–Esperaba compartir la velada con su hermano. Solo porque seas un famoso chef y crítico de cocina, sí, Brie me lo ha contado, y no, no te reconocí, sin duda un golpe para tu hipertrofiado ego, no significa que puedas tratar así a los que se preocupan por ti. Y…

–Pues sí que tenías cosas que decir –esa mujer se ponía adorablemente roja cuando se enfadaba.

—Cuando hace falta, sí.

—Comprendido –él chasqueó los dedos–. Te sientes mal porque me metí en tus bragas y te encantó, pero has decidido que no es políticamente correcto liarte con el hermano de tu mejor amiga.

—No voy a contestar a eso –Olivia pestañeó, las mejillas encendidas. Había acertado de pleno.

—¿Ya no tienes nada más que decir? –la voz de Jett encerraba diversión y frustración.

—Tengo mucho que decir, pero me aguantaré –ella alzó la barbilla.

—¿Y tienes la menor idea de cómo me siento yo? –él la miró con expresión dolorida.

«¿Ardiente como el acero fundido y duro como el hormigón?».

—Ya te pedí disculpas.

—Y yo se las pediré a Breanna –Jett asintió y desvió la mirada.

—Bien –Olivia se apartó de la puerta de la terraza–. La comida debe estar lista. Iré a comprobarlo.

—Espera –la detuvo él sujetándole un brazo–, lo comprobaremos juntos.

Olivia intentó zafarse. Sus pechos rozaban el fornido torso masculino y sus pezones se endurecieron al instante como balines. La joven reprimió un gemido.

Aquello no estaba saliendo bien. «Control, Olivia». Sin embargo, los ojos negros encerraban infinidad de promesas y ella ya era una adicta.

El corazón le galopaba y los labios le palpitaban. Un pequeño gemido surgió de su garganta y el rostro se elevó por voluntad propia. Solo un besito. Uno más. Era Navidad…

–Problemas –murmuró él con los labios tan pegados que ella casi pudo saborearlos.

Y entonces le dedicó la sonrisa del Papá Noel pecador, invitándola a seguirle.

«¡No!», quiso gritar ella a los cuatro vientos. Se negaba a que sus problemas con ese hombre interfirieran en una agradable comida familiar.

El cuajo de ese tipo era irritante. ¿Quién era él para apodarla Problemas? solo tenía que aguantarle unas horas más. «Muéstrate amable, por Brie». En un día estarían en medio del océano.

Capítulo Cuatro

—¿Encuentras las costillas con pudin de Yorkshire a la altura? —preguntó Brie a su hermano mientras los tres degustaban el menú servido en la terraza de la suite.

—Estoy de vacaciones —él llenó las copas con champán—. La carne está tierna, el pudin está tostado. No necesito saber nada más.

—Pero tus papilas gustativas nunca descansan —sugirió Olivia.

—No, pero de vez en cuando me apetece comer sin analizar la comida.

—Tiene sentido —ella asintió—. Relájate y disfruta.

De inmediato sintió un intenso calor en la nuca. «¡Mal, mal, mal!». Fijó la mirada en la copa, pero era muy consciente de que los ojos negros de Jett estaban puestos en ella y, sin duda, el hombre había situado sus palabras en el contexto de lo sucedido la noche anterior.

—Yo estoy disfrutando del salmón a la plancha —consiguió balbucir—. ¿Qué tal el pato, Brie?

—Perfecto.

Olivia suspiró para sus adentros. El pato no era lo único perfecto allí.

—¿Y cuál es, en tu experta opinión, tu mejor plato? —se obligó a mirar a Jett a los ojos.

–Mi suflé está para morirse –él reflexionó unos segundos–. Al menos eso dicen.

A juzgar por la sonrisa, seguro que había sido una mujer. Sin duda él se lo había dado a probar directamente en la boca. No era una escena que Olivia deseara recrear en su mente, pero no podía evitarlo.

–¿Te gusta el suflé?

Jett formuló la pregunta con voz sensual. Y esos ojos negros fijos en ella…

–Intenté preparar uno una vez, pero fracasé –la cocina era la peor de sus habilidades.

–¿Solo le diste una oportunidad?

–Fue más que suficiente.

–Persistencia, Olivia –Jett le guiñó un ojo–. La clave del suflé está en el tiempo. Tienes que probar mi suflé con *amaretto* –las palabras le acariciaron la nuca.

–¿Vas a darnos la famosa receta? –Brie se detuvo con el tenedor en el aire–. No está publicada en ningún libro –le explicó a Olivia.

–¿Y qué tal si os dejo ver cómo lo preparo?

Olivia tragó nerviosamente y sus mejillas se incendiaron. Debería haberle reconocido por la portada de la revista *Sundae Night*. ¿Cómo no había reconocido esos pómulos y los oscuros cabellos?

–Brie me regaló uno de tus libros las pasadas Navidades. Ahora entiendo por qué estaba firmado.

–¿Y te gustó? –Jett se sirvió más salsa.

–Tiene algunos postres deliciosos –y de regalo unas cuantas fotos del sexy cocinero, aunque ninguna lo bastante clara para poderlo reconocer en carne y hueso–. Pero solo he probado un par de recetas. ¿Nunca te cansas de cocinar?

—Acabamos de terminar de rodar una serie para la televisión, y sigo con mi trabajo de crítico culinario. Tengo ganas de tomarme un descanso y estoy pensado en temas para libros de cocina. La idea es empezar en Tasmania en cuanto concluya el festival gastronómico.

Era el principal evento del verano en Hobart y se desarrollaba en el puerto donde concluía la regata.

—Si hay alguien que pueda apreciar ese festival, es un chef.

—Eso espero.

—Y después ¿adónde irás?

—He reservado un alojamiento en Cradle Mountain.

—Reconoce que al menos alguna vez has sido un desastre en la cocina.

—No me acuerdo —Jett sonrió divertido y los ojos negros brillaron.

—Cuéntamelo —insistió Olivia con una sonrisa.

A pesar de su antagonismo inicial, se sentía atraída por él. El modo en que sus ojos reían, la sedosa voz, las manos. Era casi incapaz de apartar la vista de esos dedos que jugueteaban con la decoración de la mesa. Y se imaginó esos dedos jugueteando con ella...

¡Para!

Jett no estaba allí por placer sino por Brie, para celebrar juntos la Navidad.

La familia de Olivia siempre había celebrado las fiestas en casa con un árbol, ridículos sombreros y comida suficiente para un regimiento. Incluso el año anterior, tras la muerte de su madre, había celebrado el día con Brie y un par de chicas del sanatorio.

—¿Te dedicas a la cosmética natural como Breanna? —preguntó Jett mirando a su hermana.

41

–Trabajo en el campo de la medicina natural. Comparto clínica con Brie, una masajista terapeuta y una kinesióloga. Me he tomado un mes libre para participar en la regata y centrarme en la fundación benéfica.

–Livvie está diplomada en naturopatía –presumió Brie–. También está titulada en ciencias de la salud. Está terminando un curso empresarial para poder montar una residencia oncológica. Y luego está la fundación benéfica, y…

–Brie… –Olivia se sonrojó. A los hombres no les gustaban las mujeres con más logros académicos que ellos. Nunca le había preocupado, pero de repente sí lo hacía. Quería que Jett la contemplara, sobre todo, como mujer, lo cual no tenía ningún sentido.

–Y seremos socias en la residencia –una sonriente Brie se cruzó de brazos.

–¿Me cuentas algo más sobre tu fundación benéfica? –Jett contempló pensativo a Olivia–. ¿Tiene un nombre?

–¿No te ha dicho nada aún? –preguntó Brie perpleja.

–No tuvimos la ocasión –contestó él con la mirada fija en Olivia.

–Debe ser la primera vez que sucede –su hermana soltó una carcajada–. Solo vive para hablar de la fundación Pink Snowflake. Debes ser el único hombre al que no ha acosado, y lo digo en el mejor sentido de la palabra –miró a su amiga con ojos brillantes.

Breanna tenía razón. Olivia se había sentido tan furiosa con ese hombre que había olvidado hablarle de su trabajo, o intentar arrancarle una contribución.

–Mi madre murió de cáncer de mama y quiero

construir una residencia para supervivientes de cáncer y los que están sometidos a terapia. De momento es poco más que un sueño muy caro, pero terminaremos por conseguirlo. Mamá y yo creamos la fundación hace cinco años, tras su primer diagnóstico.

—Tiene unas ideas increíbles —añadió Brie—. Y me enorgullece formar parte del proyecto, si sobrevivo a la regata.

—Esa es la actitud —Oliva rio, aunque enseguida se puso seria.

Estaba cumpliendo una promesa hecha a su madre cinco años atrás. Participar con su yate en la regata de Sídney a Hobart. No lo hacía solo en homenaje a ella, también por todas las mujeres de su familia, muertas de cáncer de mama. Por todas las mujeres que padecían cáncer de mama.

—Mañana a estas horas estaremos navegando hacia la costa de Nueva Gales del Sur.

—¿Cómo se llama tu barco? —Jett se reclinó en el asiento.

—Yate —le corrigió Olivia—. *Chasing Dawn*. Es pequeño, pero toda una belleza —su madre y ella lo habían adquirido en una fase de remisión de la enfermedad, cuando aún había esperanza.

—De modo que habrá dos mujeres entre la tripulación —él miró de una a otra—. ¿No dicen que trae mala suerte llevar mujeres a bordo?

—¿Y qué dices del récord de la vuelta al mundo en solitario de Jessica Watson, a los dieciséis años? ¿Y sabías que en 1946 el único yate que logró llegar a Hobart estaba capitaneado por la primera mujer en tomar parte en esa regata? ¿Llamarías mala suerte a eso?

–Es evidente que al patrón de tu yate no le preocupan las distracciones –continuó Jett como si Olivia no hubiera hablado–. ¿Alguna vez intima con su tripulación?

La manera de expresarlo, totalmente sexual, hizo que Olivia sintiera ganas de abofetearlo.

Debería habérselo esperado. La sonrisa descarada, el brillo sexual en los ojos. La arrogancia masculina. Y pensar que, minutos antes, habían disfrutado de una conversación casi agradable.

–Jamás. Cada uno se centra en su trabajo. Nadie se distrae.

–Seguro –él enarcó una ceja.

–Somos un equipo, señor Davies, trabajamos como un equipo. Todos somos iguales.

–Eso me gustaría verlo.

–¿En serio? –espetó Olivia–. Si quieres, te puedo hacer un hueco.

–¿Ah, sí? –él sonrió y le mostró una dentadura digna de un anuncio de dentífrico–. ¿Vas a invitarme a bordo?

–Sí –un plan empezaba a fraguarse en la cabeza de la joven–. Un miembro del equipo se ha retirado por enfermedad, y tú serías la persona perfecta para ocupar su puesto. Snowflake necesita publicidad. Una palabra a la prensa y me harías, nos harías, a la fundación le harías un gran favor. ¿Verdad, Brie?

–Sí –hasta ese momento, su amiga parecía disfrutar con la escena–. Creo que tienes razón.

–¿En el barco? –una parte de la petulancia de Jett pareció esfumarse.

–Yate. Te encantará, Jett –Olivia habló en un tono

44

sensual–. Toda la tripulación es femenina. Imagínate, todas esas bellezas bronceadas. Y estoy segura de que te encantarán los camastros calientes.

–¿Camastros calientes? –él la miró con ojos desorbitados.

–Si te unes a nosotras, descubrirás lo que es.

–¿Toda la tripulación? ¿El patrón también? –ya no quedaba rastro de altivez en Jett.

–Presente –Olivia se llevó la mano a una imaginaria gorra de visera.

–Pero…

–Lo sé. Para algunos se trata de mala suerte, pero *Chasing Dawn* siempre ha tenido mujeres a bordo y no ha sufrido una fuga de agua jamás –ella hubiera jurado que Jett había palidecido, y tuvo que apretar los labios para disimular una sonrisa–. Vamos, Jett. Di que sí. Te necesitamos.

–Por favor, Jett –Brie se unió–. Es por una buena causa y mañana cenaremos codorniz asada.

Olivia sabía que jamás ganarían la regata. No se trataba de eso. La razón que les motivaba era reunir fondos y hacerse notar. Y tener un famoso a bordo les iría muy bien. Y si además de famoso era sexy y un chef, mejor aún. La prensa se volvería loca.

¿Codorniz asada? ¿Se suponía que debía bastar para convencerlo? Jett detectó un leve movimiento en los labios de Olivia y encajó la mandíbula. Su orgullo masculino estaba en juego porque, por su amarga experiencia personal, sabía que el mareo podía convertir al tipo más duro en un lloriqueante despojo.

–Es una pena que no venga equipado adecuadamente.

–No hay problema –el tono tranquilizador de Olivia no alivió la incomodidad que él empezaba a sentir–. Tenemos gorras y camisetas con el logotipo de la fundación –insistió ella–. Alguna habrá que te sirva. También hay muchos chubasqueros, para cuando la cosa se ponga difícil.

Difícil. Jett sintió la mirada de Olivia sobre su cuerpo. A su mente surgían preguntas que no se atrevía a formular. Preguntas como si no sería demasiado tarde para apuntarse, o para arrepentirse. Pero abandonar no era una opción.

–Piénsatelo mientras tomamos el postre –le sugirió Brie.

Jett se sirvió una segunda porción de pudin. Olivia le había sorprendido con su entusiasmo por una causa en la que creía. A su edad, otras chicas estarían ocupadas en ser la reina de la fiesta. Además, le apetecía ayudarla.

Pero ¿tenía que ser en un barco?

Aún intentaba digerir la idea cuando ya rebañaban los cuencos y Breanna anunció:

–Hora de los regalos.

Una incómoda sensación recorrió a Jett.

–Relájate hermanito –Brie le apoyó una mano en el hombro.

Agarrándole del brazo, lo condujo hasta el árbol de Navidad. Jett se agachó, tomó una bolsa con el logotipo de una conocida marca y se lo entregó a su hermana.

–Es para ti. Seguramente no sea lo más indicado para una cosmetóloga –él se encogió de hombros, visiblemente incómodo.

–¿Bromeas? La etiqueta es francesa –Brie sonrió–. Me encantará. Gracias.

–No te esperaba –Jett se volvió a Olivia y le entregó el jarrón de cristal que había comprado en la tienda del hotel aquella misma mañana.

Ella lo miró a los ojos, sonriente. Quizás lo hubiera perdonado, de momento.

–He esperado mucho tiempo para celebrar una Navidad contigo –anunció Breanna–. Aquí tienes. Feliz Navidad.

–Gracias –Jett tomó la caja que le ofrecía su hermana.

–Feliz Navidad, Jett –Olivia también le entregó un paquetito.

–No me esperaba…

–¿Por qué no te sientas en el sofá y los abres? –sugirió Brie tomando asiento también–. Me muero de ganas de oler este perfume.

Él se sentó y abrió el regalo de Olivia. Un par de guantes de piel de cabritillo.

–Para el invierno de Melbourne –le aclaró ella–. He oído que allí hace frío.

–Gracias, son estupendos –Jett apreció la suavidad de los guantes, y la consideración de Olivia–. ¿No conoces Melbourne?

–Nunca he tenido ocasión de ir.

–Está a menos de una hora en avión desde Hobart –él la miró sorprendido.

–No tengo mucha ocasión de viajar últimamente –Olivia desvió la mirada.

–Pues tienes que ir. Te encantará ir de tiendas. Yo…

–Ir de compras no es lo mío –le interrumpió ella con brusquedad–. Al menos no las compras caprichosas a las que te refieres.

–De todos modos te gustaría –le aseguró Jett antes de abrir el regalo de Brie. Dentro de la caja había un pastel de Navidad casero–. ¿Una receta familiar? –preguntó, antes de lamentarlo.

–No. En realidad es una de nuestras especialidades de fruta –su hermana se dirigió de nuevo al árbol y regresó con otra cajita.

–Breanna, no tenías por qué –su hermana no tenía ni idea de lo incómodo que le hacía sentir.

Bajo el envoltorio descubrió un álbum de cuero viejo. Podría haber sido un álbum de fotos, pero las páginas estaban vacías.

–¿Para qué es?

–Pensé que si tienes algunas fotos antiguas, quizás te gustaría pegarlas junto con algunas mías de la misma época. Y me gustaría llenar las últimas páginas con recuerdos comunes.

–No tengo fotos –las fotos eran recuerdos–. Disculpa. Acabo de recordar que tengo que hacer un par de llamadas –levantándose del sofá, se dirigió a la puerta.

–¿Adónde vas? –llamó Olivia–. ¿Qué pasa con la regata? ¿Contamos contigo?

–Después –Jett ni se molestó en volverse.

Capítulo Cinco

—Lo del álbum fue un error —se quejó Brie—. No esperaba que reaccionara así.

—No fue un error —Olivia no conocía su pasado ¿cómo podía juzgar?—. Dale tiempo, Brie —se sentó al lado de su amiga—. ¿Por qué no llamas a tu sexy capitán y le anuncias que tienes la tarde libre? Su tripulación es masculina ¿no? Le encantará un poco de compañía femenina.

—Puede que lo haga —al fin Brie sonrió—. Si a ti no te importa.

—Claro que no. Voy a echar un vistazo a la ruta de mañana y asegurarme de que todo esté en orden. Me daré un paseo por el puerto —cualquier cosa para calmarse—. Te veo luego.

Una hora más tarde, Olivia se dirigía al puerto mientras repasaba en su mente los últimos detalles. También pensó en Jett. Aquella noche era la última oportunidad que tenían él y su hermana antes de la regata. Y él la había dejado tirada.

Siguiendo una corazonada, se pasó por el bar. Y allí estaba, sentado en un taburete, cerveza en mano. Charlaba con una espigada morena que lo miraba embelesada, pegada a él.

Debería estar hablando con Brie, no con esa chica. Y eso le reafirmó en su convicción de no querer tener nada que ver con los hombres.

Su padre los había abandonado cuando su madre había caído enferma. Era más fácil marcharse que enfrentarse a los tiempos difíciles. Y lo mismo había hecho el padre de Brie y de Jett, que había abandonado a su hijo.

Y Jason, que la había abandonado por su falta de experiencia en el sexo.

Jett se volvió y la miró fijamente, como había hecho la noche anterior. Salvo que en esa ocasión, Olivia estaba preparada. No la seduciría una segunda vez.

Él se bajó del taburete sin prestar más atención a la joven morena y se dirigió hacia Olivia. Todos eran iguales. El padre de Olivia tampoco había mirado atrás.

Jett se acercó a ella con aire confiado y largas zancadas, como si estuviera dispuesto a retomarlo con Olivia donde lo habían dejado la noche anterior.

–Quiero hablar contigo –anunció ella secamente.

–Olivia. Por cierto, qué bonito nombre. Nunca llegamos a presentarnos –hablaba en tono casual aunque mantenía una actitud distante–. ¿Te puedo invitar a una copa?

–¿Y qué pasa con tu amiga? –Olivia señaló a la joven.

–No está conmigo. Estaba siendo cortés.

–¿Hablamos de cortesía? –Olivia alzó la voz, frustrada.

–Hablemos mientras damos un paseo –él la agarró del brazo y la condujo hacia la puerta–, a no ser que prefieras tener público.

—Me dirigía al muelle para inspeccionar el yate –ella se obligó a mantener la compostura–. ¿Vienes conmigo?

Llegaron al soleado paseo. Jett tenía más que una vaga idea de lo que Olivia quería decirle. Se había comportado como un imbécil. Iba a tener que limar algunas asperezas.

Lo cual por él estaba muy bien, pues le apetecía recrear la vista en ese bonito cuerpo. El sol arrancaba destellos de fuego de los cabellos rojos.

—¿Hacía falta ser tan grosero con Brie? Ese álbum era importante para ella. ¿Qué demonios te pasa?

A Jett le gustó ver cómo Olivia se encendía de rabia. Y quiso tomarla en sus brazos y besarla hasta dejarla sin sentido.

—Hablaré con Breanna. Se lo explicaré.

—Eso espero.

—Tu lealtad es conmovedora.

—Y tu cinismo es evidente.

—Supongo –él alargó las zancadas, obligando a Olivia a acelerar el paso.

—¿No sabes nada de lealtad?

—Nunca tuve ocasión de emplearla –Jett sabía de independencia y autosuficiencia. Responsabilidad y triunfo. No respondía ante nadie y así le gustaba que fuera.

—¿Y qué pasa con tus empleados?

—¿Qué pasa con ellos? –él frunció el ceño.

—¿No aprecias su lealtad?

—No tengo empleados. No durante mucho tiempo.

—No me imagino el motivo –murmuró ella casi para sus adentros.

—Porque no me quedo en un mismo sitio mucho tiempo.

—¿Y los amigos? ¿Tampoco tienes amigos? —en realidad no era una pregunta.

—Tengo conocidos. No sirve de nada hacer amigos.

—Brie no es una amiga —Olivia lo miró perpleja—. Es tu hermana. Tu sangre. Tu familia.

—Será mi propósito de Año Nuevo. ¿Satisfecha? —Jett se sintió inquieto.

—Supongo.

—Oye, es Navidad. ¿Y si nos damos una tregua?

—De acuerdo, tregua. Por ahora. No quiero estropear tu última velada con Brie.

—¿Dónde está?

—Se ha ido con un tipo. Volverá más tarde —llegaron al muelle donde estaban atracados los yates—. Hablemos mejor de yates —Olivia se quitó los zapatos—. ¿Has navegado alguna vez?

—En una ocasión crucé el estrecho de Bass con el *Spirit of Tasmania* —era el ferri que unía Tasmania con el continente.

—¿Y te gustó?

—A pesar de la cabina de lujo, fueron once horas de auténtico infierno —el estómago se le encogió al recordarlo.

—El estrecho de Bass puede ponerse muy feo —ella asintió.

Jett evitó explicarle que el mar había estado en calma. No tenía madera de marinero.

Pasaron ante varios impresionantes navíos que Olivia describió con todo lujo de detalles.

Y al fin llegaron al *Chasing Dawn*, que se balanceaba en el agua. A Jett se le secó la boca. ¿Había considerado siquiera la posibilidad de embarcarse en ese barquito de juguete?

–Puede que sea pequeño –Olivia interpretó su expresión–, pero es muy capaz–. Sube a bordo.

–Después de ti.

La cubierta se inclinó ligeramente cuando la siguió a bordo. En medio del caos de cuerdas y lonas, Olivia parecía animarse por momentos.

–Eres el primer hombre en subir a bordo. Espero que no sea un mal presagio.

Le había devuelto la indecorosa observación. Jett debería haber mantenido la boca cerrada.

–Yo también lo espero –aunque era evidente que Olivia intentaba impresionarlo con su «bebé», de momento no lo había conseguido–. ¿Dónde está el resto del barco? –quiso saber.

–Aquí abajo –Olivia lo invitó a seguirla a través de la escotilla.

Una bocanada de humedad le llegó a la nariz a Jett.

Echó una ojeada a su alrededor, lo cual no le llevó mucho tiempo. Básicamente se encontraban en un estrecho tubo de madera pulida con unas cuantas ventanas del tamaño de un sobre de correos. Claustrofóbico era lo menos que podía decirse.

–¿Vas a ofrecerme una visita guiada?

–Por supuesto –Olivia sonrió, rebosante de orgullo.

Minutos después, pues no hizo falta más tiempo, Olivia sacó dos botellas de agua de la nevera.

–Siéntate –ella lo acompañó al otro lado de la diminuta mesa–. Salud.

Jett la imitó y ambos bebieron.

Olivia no había sido consciente del reducido tamaño del yate hasta tener a Jett a bordo. Parecía absorber todo el oxígeno. Su piel parecía más bronceada y su incipiente barba más espesa. Era una romántica y moderna versión del pirata, salvo que dudaba que los piratas olieran tan bien.

–Mañana pensáis preparar codorniz asada –él hizo un gesto a su alrededor–. ¿Dónde?

–Para eso está el microondas –contestó ella con ironía–. No te preocupes, yo no cocino. La he encargado.

–Eres el capitán –Jett echó otra ojeada a su alrededor–. Serás un marinero experto.

–Mis padres eran regatistas. He navegado toda mi vida –Olivia lo señaló con la botella–. Conmigo estarás a salvo.

–¿De los piratas? –susurró él.

–Piratas –bromeó ella–. ¿Sobre la costa de Tasmania, con la prensa siguiendo nuestras pasos?

–Sí. Jack Sparrow y los demás. ¿Has visto a alguno?

–Son sanguinarios y viciosos –el recuerdo de Madagascar hizo que Olivia se estremeciera–. Hoy en día van armados con granadas y rifles automáticos.

–Entonces la figura del pirata no debe parecerte nada romántica.

–Para nada –ella borró de su mente la imagen de un Jett pirata–. Será mejor que nos vayamos.

–Todavía no. Primero deberíamos hablar de esta atracción.

Olivia estuvo a punto de atragantarse con el agua.

–Resulta algo incómoda –continuó él–. Las mejores amigas y un hermano.

—Muy incómoda. Olvidemos lo de anoche —Olivia le sostuvo la mirada—. No necesitamos…

—Te he oído llegar. Haces un pequeño ruido, a medio camino entre un suspiro y un grito.

—Yo no…

—Sí lo haces —Jett entornó los ojos—. Es más, me gustaría volver a oírlo. ¿Crees que podríamos hablar de ello?

—Dado que hablar de ello implica a dos o más personas —ella apuró la botella— ¿me permitirías al menos terminar una frase? Lo hemos admitido y ahora es momento de pasar página.

—Yo lo he admitido. De ti no estoy tan seguro —insistió él.

—De acuerdo, pues lo admito. ¿Satisfecho?

—En absoluto —los ojos negros emitieron un travieso destello—. Si vamos a convivir en tan reducido espacio, debemos aclararlo antes.

—¿Vas a venir con nosotras? —el corazón a Olivia le dio un brinco.

—¿No era eso lo que querías?

—No. Sí. Esto…

—¿Has cambiado de idea?

—En absoluto. A Brie le va a encantar.

—¿Y a ti no?

—Por supuesto. Yo también me alegro. Por Brie. Y, gracias —concluyó.

—Podré soportarlo —hacía tiempo que no había disfrutado tanto. Ver a una nerviosa Olivia sonrojarse y tartamudear casi merecía el esfuerzo de embarcarse.

Casi.

—Será mejor que descanses —ella pareció recuperar

la compostura–, porque tendrás que familiarizarte con las normas de seguridad antes de zarpar. Necesitamos a Brie.

Rápidamente marcó el número de su amiga.

–¿Brie? Te necesito en el muelle lo antes posible –la respuesta de Breanna le arrancó una sonrisa–. Jett ha decidido venir con nosotras –una pausa–. No, no le convencí. De acuerdo, te veo en… ¿cuánto crees que tardarás? –otra pausa–. Muy bien.

Colgó el teléfono y se dirigió de nuevo a Jett.

–Brie está en camino. Nos levantamos a las cuatro de la madrugada. La regata comienza a la una del mediodía. Tengo cosas que hacer.

–Espera un poco. Aún no hemos mantenido nuestra conversación.

–No creo que…

–Yo tampoco, Problemas, pero aquí estamos –si iba a morir en el mar, al menos quería que mereciera la pena. Levantándose, se acercó al otro lado de la mesa, pegándose a Olivia.

Sintió los turgentes pechos elevarse contra su torso. Olivia contuvo la respiración y lo miró a los ojos. No era la única parte de sus cuerpos que se elevaba, y ella también se había dado cuenta.

Olivia no reculó. Simplemente le sostuvo la mirada, inexpresiva salvo por los destellos de ardiente excitación en los ojos que la delataban.

–Quiero que pienses en una cosa –Jett deslizó el dedo índice por el escote del vestido de Olivia.

–No podemos –ella se movió inquieta.

–Pues pídeme que pare –Jett agachó la cabeza y frotó la punta de la nariz contra su cuello.

–Pa-para –murmuró ella, aunque arqueó el cuello para facilitarle el acceso.

–Lo haré cuando lo digas en serio –Jett le apartó los cabellos y deslizó los labios por la suave piel hasta la oreja, mordisqueándole el lóbulo–. Qué bien sabes –más mordisquitos por la mandíbula–. Quiero saborearte entera –murmuró, recompensado por un leve estremecimiento–. Pero estoy dispuesto a contentarme con un beso.

Olivia no contestó, sin duda demasiado excitada para hablar.

–Por ahora –concluyó él mientras le acariciaba los cabellos, fascinado por los destellos rojos que arrancaba el sol de los sedosos mechones.

–Jett, esto no cambia nada –ella lo miró con firmeza–. La regata es demasiado importante. No puedo permitirme ninguna distracción…

–Te equivocas –susurró Jett mientras exploraba el interior de su oreja con la lengua.

–No –Olivia lo apartó de un empujón–. Yo…

Las protestas fueron interrumpidas por un beso que rápidamente se convirtió en algo más intenso.

Ella abrió la boca y él aprovechó para deslizar la lengua en su interior iniciando un baile, un duelo de exigencias. Daba igual. Esa mujer era una vigorosa mezcla de fuerza y vulnerabilidad, seducción e ingenuidad. Absolutamente encantadora.

Olivia no intentó apartarlo de su lado, pero tampoco lo atrajo hacia sí. Sin embargo, la fuerza del latido de su corazón contra el masculino torso era toda la respuesta que él necesitaba.

Agarró los rojos cabellos con ambas manos y tiró

de ellos para obligarla a echar la cabeza hacia atrás. Si había buscado rendición, no la encontró en Olivia. Ella lo aceptó por propia voluntad. Fuerza contra fuerza. Pasión con pasión.

Podría tomarla en esa cosa que ella llamaba «camarote». Ella no se negaría y sería rápido y salvaje, y mutuamente satisfactorio. Pero incluso en ese estado de lujuriosa enajenación, sabía que sería un error.

Breanna estaba a punto de llegar y no había tiempo suficiente para hacer lo que le apetecía. Con no poca resignación y admirable fuerza de voluntad, Jett se apartó lentamente con la mirada fija en los enormes y vidriosos ojos que lo contemplaban.

–Cuando acabe la regata, Problemas –le prometió–, vamos a terminar esto.

Olivia no le dio ninguna pista sobre sus sentimientos. Unos pasos que se acercaban les apartaron aún más. Olivia se mesó los cabellos mientras Jett se sentaba de nuevo, por motivos evidentes.

–Brie –saludó ella corriendo a su encuentro–. Tengo cosas que hacer, te dejo con Jett.

Se volvió hacia él con las mejillas demasiado sonrosadas, los movimientos demasiado bruscos.

–Mañana asistiré a una reunión de meteorología, de modo que te veré a bordo –le informó–. Brie te explicará los procedimientos de seguridad. Ella se ocupará de ti y resolverá todas tus dudas. Tu equipaje irá con el nuestro y estará en Hobart cuando llegues.

«¿Brie se ocupará de mí?». Había que fastidiarse. Le dedicó una sonrisa arrebatadora.

–Me muero de ganas.

Capítulo Seis

La bahía de Sídney estaba plagada de navíos, así como de espectadores armados con prismáticos. Los barcos de recreo se bamboleaban a una prudente distancia con las coloridas velas ondeando al viento.

Sin otro papel asignado que el de «aparecer sexy ante las cámaras», Jett analizó detenidamente a la tripulación femenina del *Chasing Dawn*.

El helicóptero de la prensa revoloteaba sobre su cabeza. Jett se encogió de hombros, incómodo con la camiseta y la gorra rosa, y elevó ambos pulgares hacia la cámara de televisión. Todo fuera por una buena causa, y las miraditas, bromas y muestras de admiración de la tripulación lo compensaban todo.

De todas, salvo del capitán que, evidentemente, tenía cosas más importantes en que pensar.

De haber elegido, ese habría sido su yate. El tamaño no podía importar menos. Miranda, Flo y Samantha, tres esculturales bellezas, se habían ofrecido a mostrarle las vistas de Tasmania. Samantha, una rubia de ojos azules, le había explicado que la tripulación se había repartido en dos turnos de guardia: Húmedo y Salvaje. Él había sido asignado a Salvaje, con ella y con Brie.

Jett intentó relajarse mientras analizaba escotes, perfume y voces femeninas. Le encantaban las mujeres, sus curvas y sedosa piel, su olor y su sabor. Le gustaba cómo se le insinuaban y le hacían sentir como un rey durante el tiempo que solían durar juntos. Un mes como mucho.

Faltaban cinco minutos para el pistoletazo de salida. Viento de doce nudos en el puerto, aunque se esperaban cambios para aquella noche.

La tripulación estaba en sus puestos. Desde el suyo, vio a Olivia, los rojos cabellos recogidos bajo la gorra, visiblemente concentrada, vestida con la blusa rosa que dejaba ver parte de su cuerpo cada vez que se movía. Las fuertes y torneadas piernas brillaban al sol. Iba descalza. No había nada más sexy que la visión de un capitán descalzo.

Le había ofrecido un medicamento contra el mareo, que él había rechazado. No quiso admitir que había comprado uno la noche anterior.

De repente todo se aceleró, y Jett oyó palabras como «a toda máquina», seguidas de algunos improperios propios de marineros.

A punto de levantarse de su puesto, vio a Breanna acercarse moviendo la cabeza.

—Olivia sabe lo que hace.

Por supuesto que lo sabía. Era evidente que sabía de mecánica de barcos, y puesto que él no tenía ni idea y solo se pondría aún más en evidencia, optó por sentarse de nuevo mientras la experta tripulación arreglaba el problema.

Superwoman estaba al mando.

Las chicas regresaron a sus puestos, el problema obviamente resuelto. Segundos después sonó el pistoletazo de salida y se pusieron en marcha. La enorme vela de inconfundible color rosa se desplegó, empujando la nave en dirección sur a lo largo de la costa.

Navegaban con suavidad en un resplandeciente mar azul y bajo la fresca brisa marina. Por la noche cenarían codorniz. Un solo hombre en un barco lleno de hermosas mujeres.

El ritmo se volvió cadencioso, casi hipnótico, y Jett dejó vagar su mente. Envidiaba la concentración y dedicación de Olivia. Tenía un plan, había trazado un proyecto de vida y nada iba a apartarla de él.

Sin embargo él no hacía más que ir a la deriva. Necesitaba un cambio, algo que le devolviera la ilusión, que le motivara. Aunque no tuviera nada que ver con su carrera, la regata con fines benéficos era una experiencia nueva. Contempló el horizonte. Ante él se extendía el océano Pacífico y se sentía a punto de iniciar algo nuevo, diferente, excitante.

Hacía mucho tiempo que no se sentía tan vivo.

Se sentía morir.

Acurrucado y cubierto por un chubasquero, Jett contemplaba desde la cubierta el tormentoso horizonte mientras todo subía y bajaba. La muerte era preferible a esa centrifugadora. Tragó varias veces mientras la bilis le ascendía por la garganta. Otra vez. La codorniz, y su orgullo, habían desaparecido por la borda antes siquiera de que el tiempo hubiera cambiado. Despertado para su guardia Salvaje, había salido a cubierta, respirado el fresco aire del mar y…

Solo faltaban treinta minutos. Después podría tumbarse y morir en paz. Una figura familiar subió a cubierta y se acercó a él. La sexy capitana. Una ardiente oleada de humillación inundó a Jett, que fijó la mirada en los negros nubarrones que surcaban el cielo.

–Vengo a relevarte –la angelical voz, apenas audible, le ofrecía la posibilidad de acostarse en el camastro que ella acababa de abandonar. El famoso camastro caliente del que le había hablado.

–Estoy bien –mintió él mientras se encogía dentro del chubasquero–. Aún no es la hora.

–El tiempo empieza a calmarse.

–Pues quién lo diría –consciente de que su loción de afeitar de Armani había sido sustituida por un desagradable olor, Jett se metió una pastilla mentolada en la boca.

–Lo estás haciendo muy bien, Jett.

El tono era simpático, aunque informal y con un ligero toque de humor.

–Me alegra que el capitán opine así –Jett mantuvo la mirada baja y no pudo evitar fijarla en los sensuales pies, aún descalzos. Si estuviera seguro de no vomitar delante de ella… Apretó los labios con fuerza. Si eso sucedía, jamás podría volver a mirarla a la cara.

–Hablar hace que olvides el mareo.

–Sí, claro.

–Adelante, pregunta algo.

–¿Por qué vas descalza?

–Por el agarre cuando la cubierta está resbaladiza –Olivia retorció los dedos de los pies–. Además, los pies desnudos pueden sujetarse a las cuerdas. Se me da muy bien eso.

–Se te da muy bien cualquier cosa que tenga que ver con navegar –contestó él.

—Viví a bordo de un crucero hasta que fui al instituto.

—¿En serio? —Jett la miró a los ojos.

—Era un gran crucero —ella rio—. Yo era pequeña y mis padres me enseñaron en casa mientras navegábamos por el mundo. Lo llamaban «educación viviente».

—Una descripción acertada, supongo.

—Sí —Olivia se quitó la capucha y se alisó los cabellos. Era cierto, el viento había amainado—. Pero cuando alcancé la edad de ir al instituto, a la hermana de mi madre le diagnosticaron cáncer de mama. Mis padres vendieron el crucero y compraron una propiedad a las afueras de Hobart para estar cerca de ella —soltó una carcajada—. El instituto fue toda una experiencia para mí. Nunca había convivido con otros chicos de mi edad.

Había aprendido a contentarse con su propia compañía, algo parecido a lo que le había ocurrido a él. Jett levantó la vista al cielo y vio un pequeño claro.

—¿Y cuándo falleció tu madre?

—Hace dieciocho meses.

—¿Y tu padre…?

—Hace años que no sé nada de él. Nos abandonó cuando mamá enfermó por primera vez —la voz de Olivia no reflejaba la emoción que se leía en su mirada—. Tuvo una remisión y compramos el *Chasing Dawn*. Teníamos la esperanza de que pudiera lograrlo y creamos Snowflake, pero empeoró antes de lo esperado.

—Has hablado de tu tía. ¿Ella…?

—El cáncer de mama es común en mi familia. Mi abuela, mi prima y también mi bisabuela —Olivia evitaba mirarlo a los ojos.

Jett frunció el ceño. Sin duda debía preocuparle la herencia familiar, aunque ella no mencionó nada y él no quiso insistir.

—¿Por qué *pink snowflake*, copo de nieve rosa?

—Cuando los cristales de hielo chocan entre sí, forman un precioso copo de nieve. Somos individuos que trabajan juntos para crear algo hermoso. Y rosa para despertar la conciencia por el cáncer femenino.

—Eso es muy bonito —en el cielo habían aparecido algunas estrellas y Jett meditó sobre las palabras de la joven. La admiraba, y al mismo tiempo se cuestionaba su propia contribución al mundo. Bastante poca cosa.

—Estoy de acuerdo —asintió ella en tono alegre—. Gracias otra vez por navegar con nosotras y hacernos visibles.

—No he hecho gran cosa —salvo vomitar por la pulida cubierta de madera.

—Claro que sí —le aseguró Olivia con entusiasmo—. Has llamado la atención sobre nuestra fundación solo con estar aquí. Espero una avalancha de donaciones y patrocinios —sonrió resplandeciente—. Podrás quedarte con la camiseta y la gorra como agradecimiento.

Sus miradas se fundieron. Los ojos de Olivia brillaban bajo la suave luz nocturna y los cabellos revoloteaban salvajes al viento.

Y de nuevo estalló la oleada de atracción.

A pesar del estómago revuelto, la lujuria le caldeó la sangre a Jett, que se concentró en los sonrientes labios, deliciosamente carnosos.

—Tu apoyo también significa mucho para Brie —le aseguró ella sin dejar de sonreír—, sobre todo porque es evidente que navegar no es lo tuyo.

Nada mejor que mencionar a su hermana, y su mareo, para hacer desaparecer la lujuria. ¿En qué demonios había estado pensando cuando le dijo que terminarían lo que habían comenzado? Tendría suerte si pasaba de la línea de salida. Olivia exigía compromiso, lealtad. Permanencia. Su prioridad eran los demás.

Desde la primera vez que la había visto había sido un problema. Desde el primer beso, desde la primera caricia.

Problemas.

Entonces, ¿por qué seguía colgado por ella?

—Todo tuyo —murmuró mientras se ponía en pie.

—Jett, ten cui…

—Estoy… —el estómago le dio un vuelco y Jett le indicó con la mano que se apartara para poder vomitar por la borda.

La humillación completa.

Capítulo Siete

Estaban en distintos turnos de vigilancia y Olivia apenas veía a Jett. Aun así, había otras cuatro mujeres ansiosas por ocuparse de él. Pero en su lamentable estado, estaban a salvo de sus encantos. A todos los efectos era inofensivo.

A la mañana siguiente, tras dos horas de sueño reparador, oyó risas femeninas y el murmullo de la voz de Jett. Al parecer ya no se mareaba tanto.

Un delicioso aroma llegó hasta Olivia que, con el estómago rugiente, se dirigió a la cocina.

Los tres estaban sentados alrededor de la mesa. El magnetismo empezaba a ejercer su magia.

No era para nada inofensivo.

Más bien descaradamente sexy. Llevaba puesto un delantal que se ajustaba al fornido torso y le hacía parecer asquerosamente viril y manso a la vez.

—Jett —ella llamó su atención—, odio fastidiar la fiesta pero ¿no es vuestro turno de vigilancia? —era mentira, no lo odiaba en absoluto.

Miranda y Flo se tensaron ante el tono severo mientras degustaban unos esponjosos bollitos.

—Livvie, Brie dijo que… —Flo parecía turbada.

—Breanna y Sam lo tienen controlado —intervino Jett con voz aterciopelada—. Pruébalos, están calientes. Iba a ver si estabas despierta para llevarte un par…

66

–Pero te liaste.

Él arqueó las cejas y bebió un trago de *ginger ale*.

–Están buenísimos –exclamó Miranda lamiéndose los labios–. No tenía ni idea de que los *scones* de microondas pudieran estar tan ricos. Gracias, Jett –añadió con una voz en exceso femenina y que Olivia jamás le había oído emplear–. Vamos a llevarles unos cuantos a las demás –Flo y ella se levantaron y llenaron un plato.

–Parece que te encuentras mucho mejor –observó Olivia con dulzura.

–Empiezo a habituarme –asintió Jett, aunque su piel seguía teniendo un tono verdoso–. Las chicas echaban de menos alguna golosina.

–No tenías por qué cocinar –a ella no le pasó inadvertido que Jett no comía–. No permitas que las chicas se aprovechen de ti.

–Y yo que creía que me regañarías por aprovecharme yo de ellas…

–¿Eso has hecho?

–En este barco solo me interesa una chica –Jett la miró fijamente. El pulso a Olivia se le aceleró–. Da igual. No seas tímida –él señaló el plato que descansaba sobre la mesa.

–¿Y lo has preparado en ese diminuto microondas? –ella tomó uno. Sabía divino.

–Sí –Jett se dirigió al armario y empezó a seleccionar varios ingredientes–. Voy a enseñarte a preparar unas magdalenas para que la próxima vez puedas ofrecer algo dulce a tu tripulación.

–No, no. Yo no… –Olivia recordó la escena que se había desarrollado en esa misma cocina.

–¿O preferirías emplear tu tiempo libre en otra cosa? –él dispuso un cuenco sobre la mesa y vertió la harina en su interior–. Tú decides –la miró con ojos ardientes.

–Magdalenas.

–Yo prepararé la mezcla mientras te explico cómo preparar la cobertura perfecta.

Siguiendo sus instrucciones, Olivia mezcló azúcar morena, picó nueces y añadió especias a otro cuenco, mientras él batía los huevos y los añadía a la harina.

–¿Quién te enseñó a cocinar? –preguntó ella para no imaginarse a ese hombre vestido únicamente con el delantal. Debería avergonzarse de sí misma.

–La asistenta de una de mis familias de acogida. De niño me fascinaban las reacciones químicas. En un programa de televisión descubrí que la cocina estaba repleta de posibilidades. Tras la explosión de un volcán de levadura y vinagre, que se descontroló un poco, y para evitar que terminara haciendo saltar la casa por los aires, la señora Tracey me puso a cocinar –una fugaz sonrisa asomó a los labios de Jett.

–Parece que disfrutabais mucho –Oliva sonrió al imaginarse al joven Jett.

–Al poco tiempo, me enviaron a otra casa –la sonrisa se esfumó.

–¿Por qué? –preguntó ella.

–Eso me pregunto yo –él sacudió la cabeza, hundió el dedo en la masa y lo llevó a los labios de Olivia, mirándola a los ojos, desafiándola–. Prueba esto.

Olivia permaneció inmóvil y él deslizó el dedo por sus labios.

–Vamos, pruébalo.

La seducción en forma de masa de magdalena. Olivia tomó el dedo de Jett con los labios y la mezcla se deslizó por su lengua. Mecida por el movimiento del yate, chupó el dedo y lo mordisqueó. Con sorpresa comprobó que la mirada de Jett estaba cargada de ardiente deseo y de inmediato se retiró.

¿Quién había seducido a quién? Incluso mareado la conquistaba.

—Termina tú. Estaré en cubierta si me necesi… Estaré en cubierta.

Mientras huía, lo oyó reír.

Faltaban apenas unas horas para cruzar la meta. Olivia contemplaba la costa de Tasmania con ojos llorosos y el corazón encogido. «Sé que estás ahí, mamá, compartiendo nuestro sueño. He sido buena. Me he hecho las pruebas como me pediste».

—¿Estás bien? —murmuró Brie a su lado.

—No te oí subir —Olivia se sobresaltó y, moqueando, buscó un pañuelo—. Es el aire del mar.

—Tu madre estaría orgullosa —su amiga no se lo había tragado.

Olivia se rodeó la cintura.

—Yo estoy orgullosa —continuó Breanna—. No solo por la regata. Por ti. Hacerte esas pruebas requería agallas —posó la mirada sobre su amiga—. Y sabes que puedes contar conmigo.

—Lo sé —Olivia seguía sin apartar la mirada del horizonte—. Enseguida vuelvo.

—Tómate tu tiempo —le aconsejó Brie—. Todo va bien y estás agotada. Ya te despertaré yo.

–No tardaré mucho –Olivia se dirigió a su camastro y se tumbó.

Apenas había dormido durante el viaje, abrumada por la responsabilidad y consciente de que le faltaba la persona más importante en su vida.

–Mamá –susurró–. Te encantaría lo que hemos conseguido –tener a Jett a bordo había inflado la cuenta bancaria de Snowflake.

Pero ¿realmente se trataba de la fundación? ¿No tenía más que ver con que él la viera fuerte y capaz? ¿No lo había mantenido a su lado para estar más tiempo con él antes de que se fuera? ¿Y no quería devolverle la burla sobre la presencia femenina en un ámbito tradicionalmente masculino?

Y sin embargo él mismo había demostrado su valía el día anterior en un papel típicamente femenino, cocinando con buen humor, en lugar de dedicar su tiempo libre a descansar y recuperarse.

A la tripulación le había encantado. Lo adoraban, por supuesto. Nunca las había visto esforzarse tanto por ser agradables, pero no estaba celosa. Bueno, sí lo estaba. Un poco. Pero, sobre todo, admiraba su buen talante. Había superado lo que ella habría esperado de un chef playboy mareado. Y no la había distraído durante la regata. Al menos no intencionadamente.

La noche anterior, en el cambio de guardia, había charlado con ella sobre sus futuros planes para la fundación. Como si estuviera realmente interesado.

Y al marcharse había mencionado el «asunto sin terminar». Desprevenida, ella había insistido en que lo único que le importaba era la regata y Snowflake. Y su amistad.

Jett le había tomado la palabra y desaparecido bajo cubierta.

Un error, pues lo que más necesitaba en esos momentos era un revolcón sin ataduras con un tipo guapísimo, inteligente y considerado.

Necesitaba.

Odiaba esa palabra.

Se tumbó de espaldas y miró al techo. No era una de esas mujeres necesitadas de un hombre en sus vidas para sentirse realizada. Le iba muy bien sola. Aunque tampoco le vendría mal un poco de distracción. Los ojos se le cerraron y el balanceo del yate hizo el resto.

Al abrir los ojos ya había oscurecido y a su nariz llegó el delicioso aroma de carne asada.

—¿Ya te has despertado, preciosa?

Olivia se volvió hacia la profunda voz y se quedó sin respiración. Desnudo de cintura para arriba, ese hombre era magnífico. El filo de un machete brillaba junto al musculoso muslo.

—¿Jett?

Él le dedicó una sonrisa de marinero, de pecador. Una sonrisa que la derritió por dentro e incendió su cuerpo.

La luz de la linterna cubría su piel de un brillo dorado. Como si contemplara a otra persona. Olivia se miró a sí misma. Llevaba puesto un camisón de encaje blanco y ¿dónde estaba la ropa interior?

Los brazos estaban cruzados y las muñecas atadas con unas cintas de seda al cabecero de la cama, obligando a sus pechos a sobresalir como una ofrenda. Las piernas estaban separadas y los tobillos igualmente atados a los pies de la cama.

—Capitán Jett Black a su servicio —la respuesta estaba cargada de aterciopelada arrogancia.

—Pero eres un pirata —ella se retorció sobre la cama.

—Soy tu fantasía.

—¡No!

La respiración se le aceleró cuando Jett deslizó una rugosa mano entre sus temblorosos muslos y le subió el camisón por encima de las rodillas.

—No necesito a ningún hombre en mi vida.

—Voy a demostrarte que te equivocas. Te rendirás ante mí. Es más, lo harás voluntariamente.

—Jamás me rendiré —Olivia golpeó la almohada con la cabeza.

Él se inclinó y tomó un pezón entre los labios, a través de la tela. El húmedo calor hizo que ella arqueara la espalda y soltara un grito.

Era incapaz de pensar cuando esos dedos se deslizaban por las partes más húmedas de su cuerpo, hundiéndose con fuerza para luego salir y volver a introducirse, sorprendiéndola con un placer inimaginable.

—Me deseas —susurró el pirata contra su oreja mientras seguía subiéndole el camisón, dejándola expuesta a su lujuriosa mirada. Vulnerable y al borde de la locura.

—No…

Jett deslizó el escultural cuerpo masculino sobre ella, hacia abajo. La incipiente barba arañaba la delicada piel, al instante calmada por la suavidad de su lengua. Sus miradas se fundieron y ella supo lo que le iba a hacer. Él sonrió y agachó la cabeza.

–¡Sí! –gimió Olivia, echando la cabeza hacia atrás y dejándose llevar. Rindiéndose feliz–. ¡Sí!

–Estás tan necesitada como las demás –con una sonrisa triunfal, él se levantó–. Quizás más.

Ella abrió los ojos y encontró a Jett de pie junto a la cama, con una humeante taza en la mano.

–Tal y como me había imaginado.

–¿Qué?

–Dije que necesitabas descansar.

–No, me refiero a qué haces aquí –Olivia rezó para que sus gemidos, gritos, o algo peor no se hubieran oído.

–Estaba esperando a que despertaras –él alzó la taza–. Pensé que te vendría bien una taza de té verde. Apenas has dormido durante todo el viaje.

–No necesito nada de ti –ella sujetó la sábana junto a la barbilla e intentó sentarse en la cama, mirándolo furiosa, esperando que comprendiera y se largara. ¿Cómo había podido soñar con él si se había dormido pensando en su madre?

–Ya veo que te despiertas gruñona –Jett se encogió de hombros–. Eso quiere decir que no dormiste lo suficiente.

–¿No tienes nada que hacer? ¿No tienes guardia? ¿No te apetece saltar por la borda?

–Soy libre como un pájaro. Lo cual me recuerda que te has perdido el albatros que vimos a estribor hace unos treinta minutos.

–¿Treinta minutos?

–Se supone que trae buena suerte ¿no?

–Eso espero –una idea surgió en la mente de Olivia–. ¿Davies es tu segundo nombre?

—Era el apellido de mi madre. ¿Por qué?

—Da igual. Gracias por el té —Olivia señaló un hueco junto al camastro. De ninguna manera iba a arriesgarse a que sus manos se rozaran al tomar la taza—. Déjalo ahí —«y márchate».

—Brie quiere que sepas que habrá viento favorable durante el resto de la travesía y que todo está bajo control —Jett dejó la taza.

—Dile a Brie que me reuniré con ella en cinco minutos.

En cuanto él se hubo marchado, Olivia soltó el aire que había estado reteniendo y se abrazó a las rodillas. Ojalá ella también estuviera bajo control.

—¿Capitán?

Ella se volvió. Allí estaba de nuevo.

—Solo quería que supieras que no voy a participar en ninguna fiesta después de la regata.

—Eso es cosa tuya. Ya has hecho más que suficiente por nuestra causa. Gracias —Olivia tomó la taza de té y se la llevó a los labios—. ¿Ya estás harto de nuestra compañía?

—Tengo otros planes.

—Pero Brie y tú…

—Ya lo hemos solucionado.

—Ah, genial.

—Otra cosa más —Jett se volvió para marcharse, pero se detuvo—. Por si acaso esperabas que yo te llamara, no voy a cumplir la promesa del asunto sin terminar.

—De acuerdo —soltó Olivia en tono acusatorio—. ¿Y por qué no? —las palabras escaparon de sus labios antes de poder censurarlas.

—Dejaste claro que eso era lo que querías. Y lo respeto —él le recogió un mechón de cabellos detrás de la oreja—. Breanna tiene mi número de teléfono, por si cambias de idea.

Era evidente que había reflexionado y decidido que ella no era lo bastante sofisticada para él. Seguramente había sentido alivio cuando ella había rechazado su ofrecimiento.

Mientras una parte de Olivia se arrepintió de haberlo hecho, otra parte se ganó su respeto.

Capítulo Ocho

—Jett no quiere más jaleo con la prensa —le explicó Brie a Olivia mientras hacía la maleta, antes de partir hacia una isla tropical al norte de Queensland con un compañero terapeuta—. Ha cumplido con su parte, aunque le vendría bien un poco de compañía.

Olivia y Brie se alojaban en un lujoso hotel de Hobart para recuperarse de la regata y disfrutar del festival gastronómico de Tasmania. Jett había reservado el ático en el mismo hotel.

La prensa lo había asaltado en cuanto habían atracado. A Olivia le sorprendió, agradecida, el buen talante mostrado hacia los reporteros. Se había erigido en un entusiasta portavoz de la fundación, accediendo incluso a aparecer en un programa de televisión la semana siguiente.

Eso le había contado Brie. Porque Olivia no había visto ni oído nada de él desde que desembarcaran.

—Liv ¿me has oído?

—Sí —Olivia levantó la mirada de la novela que intentaba leer—. Compañía —sentía un sabor amargo en la boca—. ¿De qué clase de compañía hablamos?

—Para empezar, amistad. Puedes pasar al siguiente plato si todo va bien —Brie incluyó un biquini naranja en la ya abarrotada maleta—. Mañana es Nochevieja, y sé que está libre. Y tú también.

76

–¿Y qué pasa si he hecho planes sin contarte nada?

–¿Eso has hecho? –Brie la miró con expresión inquisitiva.

–A lo mejor –Olivia pasó la página de su libro electrónico.

–Te conozco –continuó Brie–. Se marcha el día de Año Nuevo para trabajar en su nuevo libro.

–Las montañas Cradle, un lugar muy inspirador. Le gustará.

–Es Año Nuevo, y estáis locos el uno por el otro –Breanna suspiró exasperada.

–¿En serio? –ella levantó la mirada–. ¿Insinúas que debería telefonearle y pedirle sexo?

–Mientras tengas cuidado –su amiga sonrió–. Él es de relaciones esporádicas, y tú no…

–Y yo no tengo experiencia –Olivia se estiró–. Quizás haya llegado el momento de probar algo nuevo. Y si quiero jugar con fuego, lo lógico es que me queme un poco ¿no? Dicho lo cual, no va a pasar nada.

–Me he fijado en cómo os miráis. Te animo a que te lances. Divertíos. Os lo merecéis.

–Hemos admitido nuestra atracción –ella lo había rechazado y él lo había aceptado–. Hemos pasado página.

–De acuerdo –Brie le dio una palmadita en la mano a su amiga–. No es demasiado tarde para proponerle tomar una copa aquí. O, si te sientes tímida, puedes quedar con él en el vestíbulo y luego pasear por el puerto.

–¿Invitarle yo? –Olivia alzó la barbilla–. Y yo no soy tímida.

–Ya lo sé. Eres una defensora de la igualdad y se lo

has demostrado más de una vez –Brie ladeó la cabeza–. A lo mejor se siente amenazado.

–¿Amenazado? ¿Jett? –ella soltó una carcajada y se levantó para despedir a su amiga–. ¿Estamos hablando del mismo tipo?

–Es mi hermano. No puedo verlo como tú. Feliz Año Nuevo –Brie le besó la mejilla–. Diviértete.

–Sí.

–Ni siquiera lo vas a intentar ¿verdad? –Breanna contempló a Olivia durante unos minutos–. Debería haber insistido en que nos acompañases –consultó los mensajes en el móvil antes de abrir la puerta–. Allí apenas hay cobertura. Si hay algo urgente...

–No va a pasar nada. Abriré una botella de champán y me la beberé en el spa antes de bajar y disfrutar de la fiesta callejera. Buen viaje.

Las calles de Hobart estaban llenas de gente. Protegido por unas gafas de sol, Jett salió del hotel y se metió en un taxi. Problemas estaba en el mismo hotel, unas pocas plantas más abajo, y necesitaba distraerse. Las luces del casino aparecieron ante él.

A medianoche podría estar de regreso en el hotel, con una botella de champán y un cuerpo complaciente para saciar otra clase de sed.

Para su sorpresa y fastidio, la idea de pasar la noche con una mujer desconocida lo dejaba frío. Diez minutos después ya estaba de regreso. ¿Qué demonios le pasaba? Él no era indeciso.

Si quería deshacerse de un inconveniente deseo por una ardiente pelirroja, tenía que haber otra opción.

¿Piscina? ¿Ducha fría? Solo una cosa podía librarle del calor en las venas, y no iba a suceder. Ella había dejado bien claro que no iba a suceder.

Faltaban diez minutos para la medianoche. Cambió la camisa de seda por una camiseta gastada y se sirvió un whisky que bebió de un trago. Solo quería sumergirse en el olvido.

Olivia apretó los labios y esperó a que Jett contestara al videoportero. Llevaba un estúpido gorro de fiesta en la cabeza y una bolsa en la mano.

Hacía tres horas había estado cenando sola en la suite del hotel, oyendo las risas de los demás, viéndoles divertirse desde el balcón. ¿Dónde estaría el próximo Año Nuevo? De repente había sentido la necesidad de abrazar la vida mientras pudiera.

Su vida se había centrado en las metas que se había dispuesto. La regata, la fundación y el recuerdo de su madre le habían hecho comprender que la vida era un regalo que no podía comprarse, y que te podían arrebatar sin previo aviso.

Y había tomado una decisión. Jett. Esa noche. Era su oportunidad para tomarse un respiro antes de saber qué le aguardaba el futuro. El resultado, sin duda, sería positivo. Y tendría que tomar unas difíciles decisiones que había estado postergando mucho tiempo. Cirugía. Estilo de vida.

Pero esa noche no. Ni la semana siguiente.

Había tomado el aperitivo con Jett, y Brie tenía razón: le apetecía probar el plato principal.

¿Y si no estaba? ¿Y si estaba celebrando el Año

Nuevo con alguna desconocida que hubiera recogido por ahí? Lo mismo que había hecho con ella en Nochebuena.

—Olivia —la voz no sonaba muy contenta.

—Veo que aún me reconoces —ella sonrió y le dio un golpecito en al gorro.

—¿Qué quieres? —preguntó él tras una larga pausa.

—Brie mencionó que estabas solo esta noche. Y dado que yo… —Olivia se interrumpió para no pronunciar las desesperadas palabras que tenía en la punta de la lengua.

No estaba dispuesta a aceptar una negativa. No estaba necesitada. Tomaba el mando.

—Faltan nueve minutos para medianoche. Déjame pasar. Quiero felicitarte el Año Nuevo —contempló la bolsa—. Y he traído cosas.

—Cosas.

—Ocho minutos, treinta segundos.

Las puertas del ascensor se abrieron en el ático.

Aliviada, y con la dignidad intacta, salió. Y de inmediato sintió el impulso de marcharse. El espejo reflejaba a una mujer de salvajes cabellos rojos y un gorro de papel verde. Los ojos demasiado abiertos, la cara llena de pecas y unas arrugas producto de los años de navegación al sol. Desde luego no era el tipo de Jett. Lo había buscado en Internet. Sabía cómo le gustaban.

Si había llamado su atención aquella noche había sido solo porque había poca luz y estaba relativamente decente con su vestido rojo de cóctel. Pero aquella noche llevaba un vestido suelto hasta los tobillos, color aguacate, y unas sandalias doradas. Si estaba con otra mujer, moriría de vergüenza

—Hola —saludó al abrirse la puerta. Pasó directamente al salón sin mirarlo y se dirigió al enorme ventanal—. Qué bonitas vistas. Casi tan bonitas como las de la bahía de Sídney.

—Eres tasmana. No eres imparcial.

La masculina voz le acarició la espalda y ella cerró los ojos. Olía al familiar jabón con notas de madera y Olivia se sintió invadida de un nuevo deseo.

Volviéndose, dejó la bolsa sobre la mesa de cristal y al fin contempló al motivo de su presencia allí.

Llevaba unos pantalones cortos que en algún momento debían haber sido blancos, y una camiseta negra bajo la que se marcaban los músculos del torso.

—Tú también eres isleño.

El aire estaba cargado de tensión. Jett se pasó la mano por los cabellos.

—Creo que deberías marcharte.

—Qué tontería —ella se descalzó—. Acabo de llegar.

Hundió la mano en la bolsa y dispuso su contenido sobre la mesa. Una botella de su vino espumoso preferido, una canastilla con fresas, una selección de quesos. Uvas.

—¿Qué es todo esto? —el gesto de Jett podría haber pasado por aburrimiento, como si estuviera acostumbrado a que las mujeres le llevaran regalos. Pero sus labios describieron una mueca.

—Es Año Nuevo —ella echó una ojeada al reloj del televisor—. Lo será dentro de cuatro minutos y veinte segundos. Quiero celebrarlo —sacó un matasuegras de la bolsa y lo sopló.

No hubo reacción.

—¿Mejor un cañón de confeti? —Olivia sacó uno y lo

hizo saltar–. ¡Por el amor de Dios! –exasperada, lo lanzó contra él antes de acercarse al televisor para subir el volumen–. De modo que es por mí.

–Sí, y sigues siendo Problemas –Jett la miró con un fugaz destello de humor en sus ojos.

–Eso está bien –ella suspiró–. O eso creo. Casi es Año Nuevo.

–Sí.

–Tres minutos –Olivia señaló el gorrito de papel que había dejado sobre la mesa y se dispuso a descorchar la botella–. No quiero ser la única que haga el ridículo.

–Jamás estarás ridícula. Estás preciosa. Sexy y preciosa. Irresistible.

–Vaya, pues gracias –ella consiguió mantener el tono de voz informal–. ¿Tienes copas?

Él se dirigió al bar y regresó con dos vasos altos.

–El de Tasmania es el mejor –el corcho saltó y ella llenó los vasos que Jett sujetaba. Sus dedos apenas se rozaron, pero bastó para que el pulso se le acelerara. Miró los negros e inescrutables ojos–. Feliz Año Nuevo, Jett Davies.

–Lo mismo digo.

–Si no lo haces tú, lo haré yo –tras beber un buen trago, Olivia le puso el gorrito de papel–. Cuarenta y cinco segundos para el beso –su mirada se posó en sus labios–. Aunque podríamos empezar antes.

No supo decir quién se movió primero, pero Olivia sí fue consciente de dos cosas: sus labios se habían fundido y había dejado de contar los segundos que faltaban para la medianoche.

Toda su atención estaba puesta en ese hombre.

Sabía a champán y a dulce tentación. La cabeza le daba vueltas y se sintió transportar a un lugar que él ya le había mostrado. Un lugar que se moría por volver a visitar.

En cuanto sus labios se tocaron, Jett ya no pudo resistirse. Olivia era espontánea y divertida, sus labios suaves, cálidos y generosos. Sin pensárselo más, la abrazó con fuerza.

Oyó la cuenta atrás y alzó la vista para admirar los fuegos artificiales que iluminaban el rostro de la joven.

–Feliz Año Nuevo –repitió ella–. Otra vez.

Jett sonrió mientras deslizaba las manos hasta el redondeado trasero y lo empujaba contra su erección.

–Lo mismo digo.

–De momento, me gusta –Olivia gimió ante el contacto y con una amplia sonrisa, le sujetó la barbilla y atrajo su rostro hacia ella.

Él estuvo más que dispuesto a ceder, disfrutando de la sensación de las femeninas manos entre sus cabellos. Firmes y flexibles. Cerró los ojos e intentó no imaginar cómo sentiría esas manos en otras partes de su cuerpo tenso y torturado.

Le deslizó las manos por la espalda a Olivia, que respondió con un delicioso estremecimiento. A través de la ropa, sentía los duros pezones contra su pecho. Estaba excitada. Preparada. Tentadora.

Pero Olivia no era una de esas chicas con las que se divertía antes de pasar a la siguiente, por entusiasta que se mostrara, por dispuesto que él estuviera. También era la mejor amiga de Breanna, y no debía liarse con ella.

El beso no sería más que una excepción. Un recuerdo. Para divertirse.

Y sin embargo, el sabor de esa mujer era más exótico que cualquier cosa que él pudiera preparar, y lo empujaba a un torbellino. Le aceleraba el corazón.

Le echó la culpa al whisky que se había tomado, a no haber comido nada desde el desayuno, a que aún se estaba recuperando del mareo. Pero, como todo adicto, era incapaz de despegar los labios.

No supo cuánto tiempo permanecieron pegados, pero al fin ambos tuvieron que tomar aire.

Fue la pausa que necesitó para romper el hechizo. Soltando un juramento para sus adentros, se quitó el gorro y lo arrojó al suelo. Tomándola del brazo, la miró a los ojos, decidido a ignorar la invitación que leía en ellos.

—Esto no es una buena idea.

Olivia lo contemplaba a través de una bruma de deseo y frustración. Sabía que la sensación era mutua. La negra mirada y la dureza de su masculinidad demostraban que sus palabras eran mentira.

—¿Por qué? —ella también se quitó el gorro.

—Porque si te quedas, vamos a terminar lo que iniciamos hace una semana. Me estás matando.

—He cambiado de idea sobre lo de estar contigo —Olivia se estremeció ante la confesión de Jett. De ninguna manera iba a marcharse—. No me mires así. Esto es solo por diversión. Lo sé.

—Diversión —repitió él con el ceño fruncido.

—Tú no eres hombre de una mujer, ni siquiera confías en la gente lo bastante para tener amigos. De modo que sí, es por diversión. ¿Qué otra cosa podría ser? —Olivia volvió a hundir una temblorosa mano en la bolsa y sacó un paquetito.

Jett miró el paquetito y luego a ella. El calor se intensificó y sus mejillas se sonrojaron.

—¿En qué lío tienes pensado meternos ahora?

—He decidido que debemos terminar lo que haya entre nosotros antes de pasar página. Y lo vamos a hacer —Olivia agitó el paquetito y lo abrió—. Por eso he traído preservativos.

—Olivia…

—Como no sabía cuál te gustaba más, he traído tres clases: con ranuras, lubricados y extra. Yo…

—Para —Jett la interrumpió posando el pulgar sobre sus labios—. Para.

Pero Olivia se negaba a parar. Lo deseaba, y lo iba a hacer suyo.

—No hemos hecho más que empezar —le aseguró apartando el pulgar de su boca.

Capítulo Nueve

Nunca había jugado a vampiresa en el dormitorio, ni estaba segura de saber cómo hacerlo. Pero algo le urgía a intentarlo. Porque era la última noche de Jett en Hobart. Al día siguiente cada uno seguiría su camino.

Metió los preservativos en el bolsillo del pantalón de Jett y aprovechó para deslizar las manos bajo la camiseta. Sintió los fornidos músculos contraerse al tocarlos.

Un sonido ahogado surgió de la garganta de Jett. A Olivia le gustaba la sensación de poder, la capacidad para excitarlo.

–Estás ardiendo –murmuró mientras, con creciente confianza, frotaba los masculinos pezones–. Quizás te sientas más fresco si quitamos esto…

Con el corazón acelerado, Olivia leyó en los ojos de Jett la lucha que se desataba en su interior.

–Será mejor que estés segura de esto –gruñó él–. Porque mañana me habré ido.

–Lo sé. Y estoy segura –una vez liberada la seductora que llevaba dentro le resultó muy fácil deslizar la lengua por el torso de Jett.

Jett murmuró algo ininteligible, aunque la camiseta desapareció de su cuerpo dejando al descubierto una piel bronceada salpicada de oscuro vello que desaparecía bajo la cinturilla del pantalón.

A Olivia le temblaron las piernas. El miembro viril que se adivinaba parecía mucho más grande de lo que se había imaginado. ¿Le cabría todo eso dentro? Se moría de ganas por averiguarlo.

Jett alargó una mano hacia los tirantes del vestido de Olivia, pero ella lo detuvo.

—Esta noche me ocupo yo.

—Adelante —él asintió fijando en ella una ardiente mirada.

Jett intentaba aparentar una tranquilidad que los tensos músculos de su abdomen desmentían. Quizás le gustaba que las mujeres tomaran la iniciativa, o quizás estaba disimulando para animarla. Desde luego, no era de los que adoptaba un papel pasivo a no ser que le interesara. Y en cualquier momento podían cambiar las tornas.

Y eso le convertía en una persona peligrosa. Y excitante.

—¿Eres de calzoncillos o de slips? —Olivia introdujo ambas manos en el pantalón.

—Tendrás que averiguarlo tú misma —contestó él con tensión contenida.

—Aquí no —ella lo empujó hasta hacerle chocar contra un sillón de cuero—. Aquí.

Introdujo las manos en el bolsillo del pantalón y extrajo los preservativos que dejó sobre la mesita junto al sillón. Y con una templanza que ella misma desconocía poseer, tiró del pantalón y el calzoncillo hacia abajo. Hubo un momento de incomodidad al pasar sobre la enorme erección, pero él ayudó sacudiéndose las prendas y quedando completamente desnudo.

—¿Quieres que me tumbe?

–Aún no –del exterior llegaba el sonido de la fiesta, pero en la habitación solo se oían sus respiraciones aceleradas. Olivia se pegó a él, sintiendo su deseo, ardiente y tentador. Como un niño con zapatos nuevos, necesitaba tocar, explorar. Rodeó el miembro, acero cubierto de seda, con las manos, y lo apretó ligeramente.

–Si sigues haciendo eso –protestó él con voz ronca–, todo acabará en unos segundos.

–Lo siento –Olivia se mordió el labio y lo soltó de inmediato.

–Estás de broma ¿verdad? –Jett la miraba con gesto divertido.

–Es que haces que me sienta atrevida, y un poco traviesa.

–Oye, capitana –él sonrió–, eres muy atrevida. Y me encantan traviesas –la atrajo hacia sí y la tumbó sobre el suave cuero.

–¡Eh, que me tocaba a mí! –Olivia rio sin aliento y se sentó a horcajadas sobre él. La erección descansaba, ardiente y palpitante, contra sus braguitas.

–Estás encima ¿no? –Jett enarcó las cejas.

–Sí –ella contempló los ardientes ojos y la, aparentemente, inocente sonrisa.

Le resultaba muy extraño estar con ese hombre, famoso playboy. Pero sabía que esa era solo una faceta suya y en esos momentos le hacía sentirse especial.

Jett le bajó la cremallera del vestido, arrancándole un estremecimiento al acariciarle la espalda con los dedos. El vestido se deslizó por los hombros de Olivia. Sin dejar de mirarla a los ojos, le desabrochó el sujetador, dejando expuestos los endurecidos pezones.

—Eres increíble ¿sabes? —murmuró él mientras le acariciaba el interior de los muslos.

—Todo en esta noche es increíble —ella se movió para apretarse más contra él.

Jett estuvo de acuerdo, y sus manos ascendieron por el femenino cuerpo mientras lo iba desnudando. Al fin quedó desnuda ante él, salvo por las braguitas. Jett se tomó su tiempo para acariciar una piel jamás expuesta al sol. Se llenó las manos con los deliciosos pechos y notó cómo se le aceleraba la respiración cuando se inclinó para chuparle los pezones.

—Jett...

Jadeando, Olivia echó la cabeza hacia atrás y le clavó las uñas en los hombros a Jett, que se apartó ligeramente para poder observarla mejor. Olivia tenía los labios apretados y los ojos cerrados.

—Estoy aquí —murmuró él.

Ella soltó un gemido gutural.

A Jett le encantaban esos sonidos que hacía cuando llegaba, y deseaba oírlos de inmediato.

Pero, sobre todo, la deseaba a ella. Entera. Admiraba su carácter controlador, pero esa noche quería hacérselo perder. Quería verla estallar y saber que él era el responsable. De dos rápidos tirones, le arrancó las braguitas.

Olivia abrió sorprendida los ojos, pero rápidamente sonrió.

—Esas eran mis mejores braguitas. Me las puse especialmente para ti.

—Y lo aprecio, créeme —sin apartar la mirada de sus ojos, Jett tomó el paquete de preservativos y se colocó uno.

Una idea surgió fugazmente en un rincón de su mente.

Olivia no era como las demás mujeres con las que se había acostado. Y al día siguiente… En cualquier caso, allí estaba, lo deseaba, y por una noche sería suya.

La agarró por la cintura y le elevó las caderas. El leve respingo de Olivia hizo que a los negros ojos asomara la sombra de la duda. Ella se aferró a sus fuertes hombros para ocultar el temblor que se había apoderado de sus brazos.

–Está bien.

–Por favor, dime que no es la primera vez –lentamente, él la acomodó sobre su estómago.

–Lo he hecho –ella se sonrojó violentamente–, aunque no demasiado. Lo siento.

–¿Y ahora por qué te disculpas?

–Porque… no soy muy buena –jamás se había sentido tan expuesta.

–¿Quién demonios te dijo eso?

–Jason. Un antiguo novio. Me dijo…

–Pues era un idiota, y se equivocaba. Y no te vas a librar de mí tan fácilmente.

–¿En serio? –ella lo miró aliviada.

–En serio –Jett le acarició una mejilla–. Lo tomaremos con calma –mirándola con infinita ternura, la besó en los labios.

Y por un instante, Olivia se sintió como la mariposa que surge del capullo, brillante y nueva. Era como si la estuviera besando por primera vez, con unos labios sorprendentemente tiernos y muy dulces.

–¿Todo bien? –murmuró él.

—No estoy interesada en el largo plazo, si es eso —ella percibió cierta duda en él.

—Este no es el lugar adecuado —Jett consiguió incorporarse con ella pegada y la llevó en brazos hasta el lujoso dormitorio.

Olivia vio fugazmente una enorme cama cubierta de cojines y ropa revuelta, pero enseguida se encontró tumbada sobre una suave colcha de algodón.

Las luces de la ciudad iluminaban con rayos plateados la cama y Jett la tumbó de nuevo sobre él.

Los movimientos eran suaves, pero el calor de sus cuerpos era más que patente. Una chispa y todo estallaría.

—Para que lo sepas, yo también te deseo —murmuró.

—Resulta bastante evidente —ella sonrió traviesa y se escurrió hacia abajo—. Y mientras siga encima, voy a aprovecharme de ello.

—Quería decir que eres única —exclamó él con voz entrecortada por la sorpresa ante el inesperado movimiento.

El aroma a albaricoque lo envolvió con su calidez, y algo más. Jett necesitó unos segundos para reconocerlo. Familiaridad. Una intimidad que iba más allá de lo físico. No estaba acostumbrado. Él era un solitario. Sin ataduras, sin sufrimiento.

Al día siguiente se iría lejos de allí, pero hasta entonces se centraría en encontrar la entrada, en excitarla con lentas caricias mientras ella se colocaba de tal modo que le acariciaba el torso con su pecho. La inexperta seduciendo al jugador con una dulce tortura que él deseó durara eternamente.

—No haremos nada hasta que estés preparada.

—¡Mi Papá Noel pecador! —la carcajada de Olivia llenó la habitación—. Llevo preparada para ti desde Nochebuena.

Bajo la fría y blanca luz que se filtraba por la ventana, la piel de Olivia parecía de porcelana, y Jett se descubrió temblando. Al parecer, la sexy capitana era tan osada en la cama como en el mar.

A Olivia le resultaba fascinante que el cuerpo de un hombre pudiera ser tan diferente, y aun así, encajar a la perfección con el suyo. Incluso el ritmo lento que él había iniciado le parecía perfecto.

Porque lento no significaba menos intenso. En ese viaje, el trayecto era tan importante como el destino. Y dado que no iba a repetirse, quería prolongarlo hasta el amanecer.

—Olivia…

Jett solo la llamaba por su nombre cuando la cosa era seria. Mirándolo a los ojos, vio ternura, vulnerabilidad. Pero bastó un parpadeo para que desapareciera.

—Jett… —respondió ella instintivamente agachándose para fundir los labios con los suyos en un beso destinado a reconfortar. Seducir.

—Me alegra que cambiaras de idea —él le tomó el rostro entre las manos y la besó.

—A mí también —suspiró Olivia mientras le mordisqueaba la oreja.

—Adoro tus pechos —murmuró Jett mientras lamía los pezones.

Olivia contuvo la respiración. Un día, esos pechos la traicionarían. Se preguntó qué pensaría él si desaparecían. ¿Qué podía sentir un hombre por una mujer que solo lo sería a medias?

–¿Algo va mal? –él se detuvo y la miró preocupado.

–No –susurró ella, apartando los malos pensamientos de su mente–. No te pares. Dámelo todo.

No podía haber amante más atento, paciente y delicado que Jett. El gutural murmullo de su voz, el tiempo que se tomaba para acariciarla. Sabía dónde tocar, cómo hacer cantar su cuerpo.

No había nada salvo ese momento, las lentas y sensuales caricias, los suaves murmullos, la calidez de la mirada de Jett. El olor de sus cuerpos ascendía entre ellos.

Los músculos de Jett vibraban tensos y ella sabía que se necesitaba mucha fuerza mental para seguir con esa lentitud. Era un amante considerado que le permitía establecer el ritmo.

No intercambiaron palabras mientras se exploraban. Solo se oían los murmullos de placer ante cada descubrimiento nuevo. Cada vez que ella introducía la lengua en su oreja, él se estremecía. Jamás habría pensado que el cuerpo de un hombre despertaría tantas ganas de tocar, o resultaría tan agradable de sentir.

Y cuando la incesante pasión la llevó al borde de la locura, Oliva se inclinó sobre él y, con un suspiro, lo introdujo en su interior. Sus miradas se fundieron y el placer creció. Ella arqueó la espalda y empezó a moverse lentamente.

Coronaron juntos la cima, y juntos se lanzaron al vacío.

Durante varios minutos, ninguno se movió. Podrían haber sido horas. A lo mejor se había dormido, aunque no lo creía. ¿Cómo dormir después de la más increíble experiencia de su vida? Lo único que sabía con certeza era que ese tipo tumbado a su lado, respirando profundamente, estaba fuera de combate.

Se alegraba de que estuviera dormido, pues eso le facilitaría vestirse y marcharse, aunque sin las braguitas.

No habría momentos incómodos ni verse las caras por la mañana. Necesitaba estar sola para reflexionar sobre la noche. Para revivirla en su mente y guardarla en su corazón.

Porque a pesar de todas las advertencias que se había hecho a sí misma, se estaba enamorando de él. Cierto que era un playboy, muy seguro de sí mismo, pero cuanto más tiempo pasaba con él, más cosas descubría. Y le gustaba. Detrás de la actitud de chico malo, era un hombre al que le gustaba divertirse y que respetaba a los demás. Había respetado sus decisiones y le había dejado tomar la iniciativa. Jason jamás la había respetado.

Pero si no tenía cuidado corría el riesgo de creer que Jett sentía lo mismo por ella. Solo porque el sexo había sido fantástico.

Sería un error fatal convertirlo en algo más que en un revolcón de una noche. Saber que en unas semanas se revelaría el futuro le había dado la fuerza para vivir esa noche y construirse unos bonitos recuerdos.

Independientemente de lo que le esperara, no deseaba complicarse la vida con un hombre. Estaba comprometida con demasiadas cosas. Muchas personas contaban con ella. Quedarse acurrucada contra él sería una mala idea. Se apartó ligeramente.

–¿Adónde crees que vas? –una voz sorprendentemente despierta sonó junto a su oreja.

—A mi suite —susurró ella—. Duérmete.

—Y un cuerno que te vas. Además, no quiero dormir —Jett le rodeó la cintura con un brazo y la atrajo hacia sí. Estaba duro y, evidentemente, preparado para otra ronda.

—Háblame de ese novio idiota tuyo.

—Ya no existe. Al menos no para mí.

—¿Cuántos años tenías?

—Dieciocho.

—¿Ningún otro novio?

—Salí con algunos chicos en el instituto, pero fueron básicamente amores platónicos. Tú los considerarías unos empollones. Y entonces conocí a Jason, que no era para nada un empollón. Nuestra relación fue una rápida sucesión de chispas que se apagaron enseguida.

—¿Y ya está? ¿Solo unas cuantas chispas?

—Tras la decepcionante experiencia —ella recordó cómo había acabado todo—, decidí que no me perdía mucho. Me dediqué a estudiar y ya no tuve tiempo para chicos. Debería irme…

—¿Por qué? —la mano de Jett encontró un pezón que acariciar—. Quédate.

A Olivia no se le ocurría ningún motivo para no hacerlo. Tampoco deseaba irse, pues no quería que terminara aquella noche.

—Ya que ambos estamos despiertos… —ella se volvió para mirarlo a los ojos, donde leyó deseo—. ¿Quieres jugar otra vez?

—Quiero si tú quieres —él sonrió.

—Lo sé.

—Ahora me toca a mí encima —rápidamente, la tumbó de espaldas.

Capítulo Diez

Jett contempló el cielo gris que empezaba a clarear. La forma durmiente a su lado le arrancó una sonrisa. ¿Quién lo hubiera dicho? Olivia roncaba como un regimiento de caballería.

En la penumbra estudió atentamente su rostro y sintió tentaciones de despertarla con un beso en esos jugosos labios para volver a saciarse de ella. Algo potente y casi posesivo le agarrotó el pecho. Había disfrutado de muchas mujeres hermosas y experimentadas, pero ninguna lo había seducido como Olivia. No era solo su cuerpo, también su mente y esa firme obstinación solo equiparable a la suya propia.

Encajó la mandíbula con fuerza. Había navegado en su barco, sufrido por una buena obra y esa misma mañana se marcharía.

Solo porque hubieran compartido lecho, algunas confidencias y algo menos sustancioso que aún no había logrado definir, no significaba que fuera a modificar sus planes.

Se duchó y vistió antes de que ella despertara. Pidió desayuno para dos y comprobó su correo electrónico. Desayunarían juntos antes de separarse. Él le ofrecería su ayuda para la fundación y su chófer la llevaría a su casa antes de conducirlo a él a Cradle Mountain. Durante las cuatro horas de trayecto tendría tiempo para disfrutar del paisaje mientras empezaba a trabajar en algunas recetas.

Lo malo era que se había acostumbrado a tenerla a su lado. La energía y entusiasmo de Olivia eran contagiosas y espoleaban su propia falta de motivación. El brillo de su mirada cuando se enfadaba o sorprendía, la sonrisa, hacían que el corazón se le acelerara.

¿Debería pedirle que lo acompañara durante un par de días? ¿Hasta que la chispa se hubiera agotado?

Jett frunció el ceño. Era la mejor amiga de su hermana. Cuando se agotara la chispa las cosas podrían ponerse muy feas.

Olivia apareció en el salón con los cabellos revueltos y vistiendo la camisa de seda que él se había quitado la tarde anterior. Los dos primeros botones estaban desabrochados, revelando un generoso escote. La longitud de la camisa era casi indecente y apenas le cubría el muslo.

—Alguien se fue de fiesta anoche —observó ella.

—Me acerqué un rato al casino.

—Nunca he estado en uno, pero he oído que son divertidos.

—No llegué a entrar. No estaba de humor.

—Por suerte para mí —ella sonrió de manera muy sexy.

—Hay un albornoz en el cuarto de baño que te abrigará más —el cuerpo de Jett reaccionó al instante. La deseaba.

—No tengo frío —le mostró un brazo—. ¿Ves? No tengo la carne de gallina.

—Estoy terminando unas cosas —él asintió y se concentró en el ordenador.

Pero Olivia desprendía un olor almizclado a mujer satisfecha y él no pudo evitar respirar hondo.

—Se supone que deberías decir que me queda mejor a mí que a ti.

Jett le lanzó una mirada furtiva. Los pezones se marcaban bajo la tela. Eran color coral y sabían a vino. La sangre empezó a acumularse en ciertas partes de su cuerpo. Aquello no estaba saliendo según lo previsto.

—Es verdad. Quédatela —dudaba que volviera a ponérsela alguna vez. Él no guardaba recuerdos.

—Nada de recuerdos —contestó ella antes de inspeccionar la bolsa que seguía sobre la mesa—. Al final no comimos nada de lo que traje. ¿Tienes hambre?

Por el rabillo del ojo, Jett vio que le ofrecía una uva. Claro que tenía hambre, pero no de comida.

—He pedido el desayuno para dentro de quince minutos.

—Entonces aún nos quedan quince minutos —Olivia comenzó a desabrocharse la camisa bajo la incrédula mirada de Jett—. ¿Otro más para el viaje?

—No traes más que problemas ¿lo sabías? —Jett se quitó la camisa sin desabrochársela.

—Eso dices siempre —antes de dejar caer la camisa al suelo, ella sacó un preservativo del bolsillo.

En un abrir y cerrar de ojos, Jett la agarró por la cintura y la tumbó sobre la mesa, separándole las piernas. Sorprendido, se paró un segundo. Algo parecido al pánico asomó al rostro de Olivia.

—No pares.

—No tenía intención de parar —Jett deslizó un dedo dentro de ella.

Olivia soltó un respingo y, arrancándole el preservativo de la mano, él se lo colocó y la sujetó por el trasero para deslizar su cuerpo hasta el borde de la mesa.

Se moría por sentir que lo envolvía con su calor. Se moría por esa última vez.

—¡Sí! Date prisa —ella se apoyó sobre los codos, ofreciéndose. Exigiéndole.

Con la visión nublada, él se estremeció. Oyó su propia voz soltar un juramento antes de inclinarse sobre ella y hundirse en su interior. El impacto los dejó a ambos sin respiración.

—¡Jett!

No era dolor lo que había oído en la voz de Olivia, era la misma urgencia que sentía él. Apenas sujetándose a los húmedos hombros, ella basculó las caderas para recibirlo.

Nada de ternura y lentitud aquella mañana. Jett había perdido el control y en los ojos azules leyó que ella lo deseaba rápido y duro. Eso fue lo que le dio. Eso fue lo que recibió. Una pasión enloquecedora. Bocas descontroladas y murmullos de placer. Piel con piel.

Olivia se lo entregó todo, sin miedo, sin dudar, ansiosa por recibir más, como si jamás tuviera suficiente. Su cuerpo vibraba, su rostro resplandecía. Como si intentara vivir toda una vida en estos enloquecedores minutos.

Jett la llevó a la cima. La habitación desapareció y el relámpago los alcanzó mientras, juntos, volaban hacia el ojo del huracán.

Olivia se desmoronó sobre la mesa de cristal, con el cuerpo de Jett aún encima. Y se preguntó si tendría fuerzas para moverse de allí antes de que llegara el desayuno.

Fue Jett quien se apartó primero y la ayudó a ponerse en pie.

–Quédate aquí –le ordenó antes de desaparecer en el cuarto de baño.

Olivia recogió la camisa de seda del suelo. La prenda desprendía un olor mezclado con el suyo propio.

Con la cabeza dando vueltas y las piernas aún temblorosas, dejó la camisa sobre la maleta de Jett. ¿Quién habría dicho que el sexo podía ser así? Y no solo la experiencia física, también ¿cómo decirlo?, la conexión.

De haber sido distinta su vida, y si no estuviera dedicada en cuerpo y alma a la fundación, quizás habría disfrutado de más experiencias como esa.

Pero habrían sido un desperdicio, pues nadie podía ser comparable a Jett.

¿Sin recuerdos? Quizás no tangibles, pero en su mente los recuerdos iban a perdurar mucho tiempo. Esa noche le iba a salir cara.

Jett regresó con el albornoz y se lo echó por los hombros desde una prudente distancia. Sus ojos eran oscuros e inescrutables.

–¿Estás bien? –le preguntó.

–Sí –respondió ella.

La sonrisa fue una pérdida de tiempo, porque Jett ya estaba ocupado guardando el portátil en su maletín. Como si no acabaran de practicar sexo salvaje sobre la mesa.

–El desayuno se retrasa –murmuró Jett, como si tuviera prisa por marcharse.

–Mejor así ¿no crees?

Olivia no supo si le había oído siquiera. Casi como

una autómata, recogió la camisa de algodón del suelo y empezó a desabrochar los botones.

La desesperación se apoderó de ella. Quería que la hablara, que se fijara en ella.

—Gracias por eso —dijo en un fingido tono de indiferencia mientras miraba la mesa de cristal.

Sin respuesta.

—Con tanto trabajo, a saber cuándo volveré a tener suerte.

Eso sí llamó su atención.

Jett miró a Olivia, que se había ajustado el albornoz. Le llevó unos segundos procesar sus palabras, pero, antes de que pudiera contestar, ella se le adelantó.

—Cuidado con lo que vas a decir, Jett. Tu vena machista no me impresiona.

Él frunció el ceño, confundido. «Tener suerte». Él mismo había empleado esas palabras en incontables ocasiones. Una parte íntima y primitiva de su ser lo impulsaba a rugir.

—No tengo nada que decir —lanzó la camisa sobre el sofá—. Solo que no permitas que nadie se aproveche de ti.

Porque Jett sabía que era inexperta y vulnerable, y no soportaba pensar que otro Jason podría utilizarla.

—Llevo célibe prácticamente veintiséis años. ¿No me crees capaz de negarme? —Olivia lo señaló con un dedo acusador—. ¿No has pensado que tú te aprovechaste de mí en Nochebuena? Si Brie no hubiera llamado cuando lo hizo… Piénsalo.

—Habrías accedido.

—¡Por favor! —ella puso los ojos en blanco.

—No habrías podido controlarte.

—Es verdad —gruñó ella.

—Me dejaste aprovecharme. Me suplicabas que me aprovechara.

Olivia sacudió la cabeza y se alejó de él. Jett quiso tomarla en sus brazos y abrazarla, y… ¿Y qué? Frustrado, respiró hondo.

—De acuerdo, lo admito —asintió ella—. Tú eres diferente. Nunca me había sentido como me sentí la primera vez que te vi. Pero nada de eso importa porque no tengo intención de volver a practicar sexo contigo, Jett. La próxima vez que nos veamos, será como amigos. Y, sinceramente, espero que lo nuestro no estropee lo tuyo con Brie.

Jett se quedó inmóvil ante la convicción con la que hablaba Olivia. Esa mujer lo hechizaba con su combinación de fuerza, ternura y comprensión.

El desayuno interrumpió cualquier cosa que podría haberle dicho. Mientras la camarera disponía la comida sobre una mesa con vistas al puerto, Olivia se dirigió a la ducha.

Jett se puso la camisa arrugada, sirvió dos tazas de café y contempló las vistas.

Debería sentirse aliviado. Olivia no era una mujer insistente que le pedía más de lo que él quería ofrecerle. Pero eso no significaba que no pudiera pedirle que lo acompañara a las montañas unos días. La convencería.

Cinco minutos más tarde, Olivia aún no había aparecido. Jett se bebió el café y tomó un cruasán. Había oído cerrarse la ducha hacía rato, pero sabía que las mujeres podían pasarse las horas muertas frente al espejo.

Al rato oyó su voz a través de la puerta cerrada del dormitorio y se acercó. Parecía agitada.

–¿Va todo bien? –golpeó suavemente la puerta con los nudillos.

–Enseguida salgo –contestó ella.

Jett regresó a la mesa, se sirvió otra taza de café y pidió otra cafetera al servicio de habitaciones.

Olivia apareció con el vestido largo y el bolso colgado del hombro. Con el móvil en la mano, se apresuró a calzarse sin siquiera mirarlo.

–No puedo quedarme a desayunar. Tengo que irme.

–¿Ni siquiera vas a tomarte un café? –Jett había empleado la misma excusa en numerosas ocasiones–. He pedido otra cafetera.

–¡Mierda! –exclamó Olivia mientras rebuscaba en el bolso. No parecía haberle oído siquiera.

–¿Algún problema?

Ella sacudió la cabeza sin dejar de buscar lo que fuera en el bolso.

–Nada por lo que debas preocuparte –al fin sacó un juego de llaves y las volvió a guardar–. Que disfrutes de Freycinet Lodge.

–Cradle Mountain. Y se me había ocurrido que quizás tú… Dijiste que estabas bien –mirándola fijamente, Jett se acercó a ella. Estaba muy pálida.

–Tengo que irme –sin poder controlar el temblor de sus manos, Olivia se aferró al bolso.

–Algo pasa.

–No es asunto tuyo –ella se encaminó hacia la puerta.

–Pues acabo de convertirlo en asunto mío –Jett dejó la taza sobre la mesa y la siguió.

—Tengo un taxi esperando —Olivia seguía dándole la espalda—. Tengo que regresar a casa.

—No pienso dejarte marchar hasta que me lo cuentes —agarrándola del brazo, la obligó a volverse.

—Han entrado a robar. La policía intentó localizarme anoche, pero no contesté al móvil porque lo había apagado. No me encontraron porque estaba aquí contigo.

—No tan deprisa —Jett soltó un juramento—. Respira hondo.

—Para ti es fácil. No es tu casa la que han robado.

—¿Qué puedo hacer? —él la sujetó con más fuerza.

—Ya te llamaré —Olivia sacudió la cabeza.

—¿Qué daños ha habido?

—He quedado dentro de cuarenta y cinco minutos con el del seguro.

—¿Tenías cerrojos de seguridad?

—¿Por quién me has tomado? —ella lo miró furiosa—. Y sí, la alarma estaba conectada.

—¿Se lo has dicho a Breanna? Voy a llamarla.

—No, no lo harás. No quiero estropearle las vacaciones. Además, allí apenas hay cobertura. Y no puede hacer nada…

—Pero yo sí. Podemos quedarnos aquí y perder tiempo o puedes ceder, porque te voy a acompañar.

Capítulo Once

Olivia asintió y Jett se relajó un poco.

—Tengo un coche esperando, haré que venga a buscarnos.

Sin pensárselo dos veces, Jett recogió sus cosas, anuló el taxi de Olivia y le explicó a su chófer que había habido un cambio de planes. En menos de diez minutos estuvieron en marcha.

Olivia mantuvo la vista al frente durante todo el trayecto.

—Debería haber regresado a casa tras la regata, pero me apetecía relajarme un poco.

—¿Por qué te culpas a ti misma?

—No dejo de pensar que se me pasó algo por alto.

—Pronto lo sabremos. Intenta tranquilizarte.

—Gire aquí —indicó ella mientras se llevaba una mano a la garganta.

Jett siguió su mirada hasta una magnífica casa casi oculta tras los árboles. Atravesaron el portón de hierro y siguieron por un camino hasta la parte delantera.

Un hombre salió de un coche aparcado.

—Espera aquí —le ordenó Olivia a Jett con firmeza—. Quiero hacerlo yo sola —bajó del coche y se reunió con el hombre. Desaparecieron en el interior de la casa.

Jett sacó el equipaje del maletero y despidió al chófer mientras admiraba el magnífico paisaje.

Siguiendo el aroma a lavanda y albahaca, llegó a un magnífico huerto, sin duda de cultivo ecológico. A lo lejos se veía una piscina vacía y cubierta por una estructura de cristal sucia y rajada. También había un cenador casi cubierto por el follaje. El jardín estaba descuidado, aunque en sus buenos días debía haber sido impresionante.

Con bastante esfuerzo y una considerable inyección de dinero, aquel lugar podría recuperar su esplendor.

La emoción se apoderó de él. Un proyecto nuevo, algo diferente en lo que poder sumergirse. Haría algo que mereciera la pena. Y cuando terminara, podría marcharse con la sensación del deber cumplido.

El coche de la empresa de seguridad arrancó y Jett volvió sobre sus pasos. Oliva estaba en la puerta con su equipaje, los brazos cruzados sobre el pecho.

La escena, con los geranios a sus pies, los cabellos rojos centelleando al viento, resultaba inesperadamente hogareña. Instintivamente, se volvió hacia él y sus miradas se fundieron como la primera vez.

Y algo enorme se le inflamó en el pecho a Jett, inundándolo como esas olas que había soportado en el *Chasing Dawn*, dejando a su paso un dolor encajado en el profundo vacío.

Quería correr hacia ella y abrazarla, decirle que todo iría bien, pero sabía que ella no lo aceptaría, la señorita Olivia Wishart, campeona de la igualdad de género.

Olivia vio acercarse a Jett y sintió unas inmensas ganas de llorar y comportarse como una frágil damisela. Quiso correr hacia él y, por una vez, permitir que la cuidaran, que le hiciera sentirse segura.

Pero él no era esa clase de hombre, Jett Davies, fiestero y playboy. Aun así, por un instante, le pareció ver algo reflejado en el fondo de esos ojos color chocolate. Seguramente le había engañado la luz del sol. Esforzándose por contener las lágrimas, recogió su bolsa y entró apresuradamente en la casa. Apenas había llegado a la cocina cuando él la agarró por los hombros.

—Espera un momento. Te va a dar un infarto.

La voz era grave y gutural, tranquilizadora y racional.

El olor de la loción de afeitado le recordó que hacía menos de una hora habían sido amantes, pero en esos momentos estaba allí por otros motivos. Como amigo.

De nuevo Olivia luchó contra el impulso de aferrarse a alguien fuerte y fiable en un mundo donde un desconocido podía robarte o destrozar tus más preciadas posesiones.

—Sabían lo que hacían —anunció con la mirada puesta en la ventana—. Unos profesionales. Puentearon el código de seguridad. Y no satisfechos con llevarse lo que quisieron, destrozaron lo demás —habían violado su intimidad—. ¿Quién ha podido hacer algo así?

—Escoria, gentuza. Están por todas partes.

—Mi dormitorio —continuó ella, los labios temblorosos—. Abrieron mis cajones y…

—Lo arreglaremos, capitana.

La voz de Jett era tan dulce que Olivia sintió ganas de llorar, aunque el orgullo se lo impidió.

—Todo no. Las joyas de mi madre, mi cuarto…

–De acuerdo, todo no –asintió él–. ¿Por qué no me lo enseñas?

Un escalofrío recorrió el cuerpo de la joven. Jett la abrazó y ella al fin cedió y se dejó envolver por su fortaleza.

–Todo irá bien –insistió él mientras le acariciaba los cabellos–. No estás sola. Estoy aquí.

Un consuelo que solo sería temporal. A lo mejor podría quedarse un tiempo en casa de Brie. Sabía que sería bienvenida, pero no quería ser una intrusa en la ocupada vida social de su amiga.

–Me las arreglaré. No podrán conmigo.

–Buena chica –Jett sacó el móvil del bolsillo–. Habrá que limpiar todo esto. ¿Conoces a alguien?

–No te preocupes –Oliva sacudió la cabeza–. Lo haré yo misma.

–De acuerdo, entonces te ayudaré.

–No hace falta. Tienes que irte.

–¿Por qué te empeñas en hacerlo todo tú sola? –Jett frunció el ceño–. ¿Es porque soy un hombre? ¿Un imbécil machista? ¿Qué quieres demostrar?

–Cradle Mountain te espera –la corta experiencia de Olivia con los hombres le había enseñado que cuando la cosa se complicaba, se largaban lo más lejos posible.

–¿Y creías que me iba a marchar sin más dejándote sola? –él le tomó una mano y la condujo hasta el salón, obligándola a sentarse en un mullido sillón antes de acuclillarse ante ella–. Vamos, capitana, cuéntamelo.

Olivia comprendió que había estado midiendo a todos los hombres por el rasero de su padre. No había tenido muchos otros modelos masculinos en su vida para comparar, salvo el padre de Brie, que había abandonado a la madre de Jett y al propio Jett porque todo era demasiado complicado. Ambos habían sido unos egoístas irresponsables y carentes de honor y decencia.

—Estoy acostumbrada a mi independencia —le explicó—. No sé comportarme de otro modo.

—Tú y yo nos parecemos en muchos aspectos. Ambos valoramos la responsabilidad, la eficacia y la independencia. Quizás deberíamos intentar confiar el uno en el otro y ver adónde nos lleva.

—Y para que lo sepas —ella asintió—, no eres un imbécil.

Jett soltó una carcajada que la envolvió como el terciopelo y alivió parte de la tensión.

—No cambies nunca —él la besó en los labios.

—No tengo intención de hacerlo. Me gusta como soy.

—A mí también me gusta como eres. Me gusta que seas capaz de convertir en bueno algo malo. Pink Snowflake es un ejemplo. Deja que me quede. Solo hasta que todo vuelva a la normalidad.

Olivia no estaba acostumbrada a la aceptación por parte de otros. Los hombres, incluso las mujeres, la veían como una empollona introspectiva con demasiada cualificación. Pero a Jett no parecía molestarle.

—¿Y qué pasa con Cradle Mountain?

—No se va a mover del sitio.

—No quiero interferir en tu libro.

—Para serte sincero, no tengo prisa.

—Gracias —ella asintió.

—De nada —Jett se puso de pie—. Manos a la obra.

Trabajaron el resto del día, parando únicamente

para comer algo al mediodía. De postre, tomaron un trozo del pastel que Brie le había hecho a su hermano.

Resultó muy duro, desolador. Pero la presencia de Jett, su apoyo, lo hizo más soportable. Unos técnicos instalaron un nuevo sistema de seguridad y, a última hora de la tarde, Jett condujo el coche de Olivia hasta el centro comercial local y compró los ingredientes para preparar la cena. También añadió un DVD para después.

Y un robot de cocina.

—Quizás te apetezca probarlo algún día —sugirió él mientras lo dejaba en la mesa de la cocina.

Donde permanecería hasta que nevara en el infierno.

Mientras degustaban unos tallarines acompañados de vino tinto, Jett le preguntó por la casa.

—Desgraciadamente está muy abandonada —se lamentó Olivia—. Si quiero comprar un terreno para la residencia, voy a tener que venderla y aceptar dormir en el sofá de Brie.

—Este lugar significa mucho para ti —observó él.

—Es mi hogar. El único que he conocido.

La expresión en los ojos de Jett le indicó a Olivia que seguramente no tenía ni idea de lo que eso significaba.

—Está llena de recuerdos. Alegres y tristes —Olivia tomó un trago de vino—. Si pudiera, me la quedaría, pero debo ser práctica. La residencia es más importante.

—¿Qué tienes pensado para la residencia?

—Algo cerca de la ciudad, aunque no demasiado cerca. Con jardín y agua. Es difícil encontrar edificios vacíos. Hemos pensado en bloques prefabricados, para que pueda crecer según las necesidades.

–¿Y no se te ha ocurrido aprovechar este lugar?

–Es demasiado pequeño –ella apuró el plato de tallarines–, y hay demasiados arreglos que hacer. Jamás nos los podríamos permitir. ¿Has visto la parte de atrás? Hace años que no se toca. Los gastos serían astronómicos. Debemos empezar por algo más modesto.

–Pues lo cierto es que sí he visto la parte de atrás. Tiene un potencial increíble. Imagínate una piscina climatizada unida a la casa principal mediante un túnel de cristal cubierto de vegetación. Tienes todos los ingredientes, pero necesitas mezclarlos de forma distinta. Puedes crear nuevos recuerdos sobre los viejos.

Olivia lo visualizó todo de manera tan real que casi podía sentir el sol y el agua sobre su piel y oler las flores tropicales.

Para alguien con dinero de sobra sería posible, pero no para ella.

–Cuando me toque la lotería.

–No sabes dónde pueden estar tus números de la suerte.

–¡Sí, claro! Con la suerte que tengo… –ella decidió cambiar de tema–. ¿Te apetece un helado y una película? –se acercó a la mesa donde descansaba el DVD.

–Una cosa más. ¿Qué pasa con nosotros? ¿Somos amantes o amigos?

Pregunta sencilla, respuesta complicada.

–Sé que somos amigos –ella lo miró a los ojos–. Pero ahora mismo todo es tan complicado.

–Amigos, entonces –Jett asintió.

Había aceptado su opinión sin intentar hacerle cambiar de parecer.

Del mismo modo que no había intentado hacerle

cambiar de idea aquella última noche a bordo del yate. Estaba claro que respetaba sus decisiones.

Y eso era digno de admiración.

Olivia despertó a la mañana siguiente sobresaltada. La pesadilla del día anterior se materializó ante ella. Lo último que recordaba eran los créditos del comienzo de la película. En el suelo, junto al sofá, Jett también despertó.

—Buenos días —murmuró ella—. Lo siento, me dormí. ¿Por qué no has dormido en uno de los dormitorios?

—Me quedé despierto hasta las cuatro trabajando en algunas ideas —Jett se estiró, muy sexy con su incipiente barba y los ojos adormilados. Seguía llevando la misma ropa que el día anterior.

—¿Ideas? ¿Para tu libro?

—No —él se recostó contra el sofá—. Te lo explicaré más tarde.

El recuerdo de la mañana anterior permanecía latente entre ellos. Olivia se moría por deslizarse junto a Jett y unirse a él.

—Veré si encuentro algo para desayunar —ella corrió a la cocina.

Tardó muy poco en comprobar lo limitadas que eran sus habilidades culinarias.

—Tú dúchate, el desayuno ya lo preparo yo —anunció Jett.

Quizás se había dado cuenta de su falta de experiencia, o no soportaba contemplarla con tan poca ropa. En cualquier caso, Olivia no puso ninguna pega.

Minutos después regresó a la cocina siguiendo la estela del aroma a beicon y café.

—Qué bien huele.

—Siéntate y come mientras hablamos —Jett llenó los platos.

Nunca se había imaginado sentirse tan cómoda con un hombre. Jett era diferente. Sabía escuchar y le hacía sentirse segura. y respetada.

—Anoche mientras dormías estuve haciendo algunos cálculos —Jett colocó los platos sobre la mesa y se sentó—. Con una buena planificación, podremos convertir este lugar en tu residencia.

—Jett… no —Olivia sacudió la cabeza—. Ya te lo dije. Demasiado caro.

—Escúchame primero. Cierra los ojos e imagínatelo. Por favor.

Olivia cerró los ojos.

—El huerto se puede ampliar para que la residencia se autoabastezca de productos orgánicos. La piscina se arregla para incluir una zona de gimnasio y otra de relax, todo anexado al edificio principal. Tiramos unos cuantos tabiques y extendemos la parte trasera de la casa hasta…

—¡Eh, espera! —Olivia sacudió la cabeza, que ya le daba vueltas—. Incluso con el dinero recaudado con el *Chasing Dawn* solo conseguiríamos una pequeña parte de todo eso. Podríamos cambiarle el nombre por Persiguiendo Sueños, y participar en más regatas.

—Suena bien —él asintió—. ¿Por qué no lo haces?

—Porque voy a venderlo.

—¿No tenía un significado especial para tu madre y para ti? —Jett frunció el ceño.

—Ha cumplido su propósito y ahora necesito el dinero —ella fijó la mirada en el plato.

—Estoy buscando un nuevo proyecto –continuó él lentamente–. Y me gustaría trabajar en este contigo. Mi hermana y tú estáis juntas en esto, y eso me da cierta ventaja para unirme ¿no?

—¿Y qué pasa con tu libro de cocina? —«¿y con tu vida?».

—Ahora mismo, esto es lo que quiero hacer. Me apetece trabajar en algo distinto. No dejaré de escribir, pero me gustaría embarcarme en esta aventura.

Olivia intentó controlar la creciente excitación que sentía. Habría que considerar la complicación añadida de su relación, pero... tenerlo en el equipo supondría muchas ventajas. Y Brie podría conocer mejor a su hermano. Jett podría dedicarse a algo nuevo y aportar una perspectiva diferente.

Y ella lo vería mucho más a menudo.

—Tendré que hablarlo con Brie.

—No te pido más. Si a las dos os parece bien ¿tenemos un trato?

Ella asintió y, taza de café en mano, salieron fuera para que él pudiera explicarle sobre el terreno alguna de sus ideas.

Jett contempló cómo se iluminaba la mirada de Olivia ante sus sugerencias. Y la reacción no hizo más que aumentar su excitación, aunque era una excitación diferente. Quizás ella estuviera dispuesta a aceptar su ayuda sin la complicación del sexo.

Además, tenía un plan para volver a hacerle sonreír.

Capítulo Doce

Aquella noche, mientras degustaban unos jugosos filetes, Jett le sugirió que se tomara el día siguiente libre.

—No puedo tomarme el día libre sin más —protestó ella—. Ya has visto cómo está todo.

—Por eso he mandado venir a mi asistenta.

—¿Desde Melbourne? —Olivia lo miró con ojos desorbitados.

—Le encanta Hobart. Dedicará el día a recogerlo todo y luego se quedará a dormir con una amiga.

—¿Ya se lo has dicho? ¿Sin consultármelo antes?

—Hablé con ella anoche mientras dormías. Confío plenamente en ella. Escúchame —insistió él cuando vio formarse una protesta en los labios de Olivia—. ¿Tú te fías de mí?

—Pero eso no significa que acepte todos tus planes con los ojos cerrados.

—También he hecho planes para mañana.

—¿Qué clase de planes?

—Es una sorpresa. Creo que te vendrá bien un cambio de aires. Volverás fresca y rejuvenecida. Prepara una bolsa de viaje para pasar la noche fuera, y un traje de baño. Salimos a las siete de la mañana.

***

El pequeño avión privado aterrizó en el aeropuerto de Tullamarine. Minutos después, Olivia y Jett sobrevolaban el río Yarra en un helicóptero rojo que aterrizó en el helipuerto frente al mayor casino del hemisferio sur, a las afueras de Melbourne.

Olivia había oído del lujo que reinaba en ese lugar, y contemplaba excitada los rascacielos.

–¿Dónde está tu casa? ¿Vives en la ciudad?

–¿Ves ese edificio? –Jett señaló una torre blanca que destacaba contra el cielo azul–. En la planta veintiuno. Pero no tendremos tiempo.

Olivia se preguntó qué reservas habría hecho Jett para la noche, pero no tuvo tiempo de preguntar pues, en cuanto entraron en el vestíbulo, una elegante mujer se acercó a ellos con una sonrisa en los labios.

–Buenos días, Jett.

–Tyler –él le besó la mejilla–. Cuánto tiempo. Te presento a Olivia.

–Bienvenida a Melbourne, Olivia –la joven le estrechó la mano con firmeza–. ¿Habéis tenido un buen vuelo?

–Gracias, Tyler, y sí, el vuelo fue estupendo.

–Jett me explicó que hoy iba a ser un día de sorpresas, de modo que ya te puedes despedir de él. Voy a ser tu asesora personal de compras durante las próximas dos horas y media. Vamos a recorrer algunas de las boutiques más famosas de Melbourne.

–Suena increíble –Olivia sonrió.

–Antes de que te vayas –Jett alargó una mano–, te requiso las tarjetas de crédito.

–Pero…

–El tiempo corre. Dame el bolso.

Consciente de que lo hacía todo por ella sin esperar nada a cambio, Olivia le entregó el bolso.

–Gracias –murmuró mirándolo fijamente a los ojos.

Enseguida cayó rendida a los pies de Melbourne con su arquitectura victoriana y preciosas boutiques. Tyler le anunció que debía comprarse algo sofisticado para la velada.

–¿Qué color le gustará? –se preguntó Olivia mientras repasaban diversos modelos de diseño.

–Le encantan tus cabellos. Deberías elegir colores tierra que realcen su belleza –Tyler escogió un original vestido en color verde oliva metalizado y el corpiño bordado con cuentas doradas–. Pruébate este.

¿Le había confesado a esa mujer que le gustaba su pelo?

–El color es precioso, y original, pero ese escote es demasiado atrevido. Conoces bien a Jett –observó ella mientras se ponía el vestido y se preguntaba si Jett y la impresionante rubia habrían sido amantes.

–Asistí a uno de sus cursos de cocina en Francia hace años. Yo tenía un pequeño café aquí en Melbourne y mantuvimos el contacto. ¡Madre mía! –la mujer se llevó una mano a la mejilla–. Estás impresionante. Y te sienta como un guante. Es la clase de vestido que le va a Jett.

¿Así de bien lo conocía? Olivia jamás habría elegido ese modelo, pero tuvo que admitir que le sentaba de maravilla. ¿Qué más daba que el escote le llegara hasta el ombligo?

–Me lo llevo –decidió.

También se llevó un par de conjuntos más y unas bonitas prendas de lencería.

–En Francia nos veíamos a menudo –le explicó Tyler camino del hotel–. Si yo fuera tú, también sentiría curiosidad.

–No, yo no… Nosotros… Él… –balbució Olivia–. Jett y yo no mantenemos una relación.

–Jett y yo tuvimos nuestros momentos, pero al final optamos por ser amigos.

–Eso somos nosotros. Solo amigos.

–Olivia –la otra mujer sacudió la cabeza–, os he visto juntos menos de dos minutos, pero ya me he dado cuenta de que nunca seréis «solo amigos».

De regreso al hotel, Tyler se despidió, Olivia echó un vistazo a la habitación. Lo primero que llamó su atención fueron las dos enormes camas, pero ni rastro del equipaje de Jett.

Su vida parecía muy lejos de allí. Sus problemas inexistentes. Iba a ser un día irrepetible e iba a sacarle el máximo provecho.

La tarde la pasaron en una piscina desde la que se dominaba la ciudad. Hablaron de lugares a los que habían viajado, películas que habían visto, sus gustos musicales.

Olivia se mostró encantada al saber que Jett le había reservado un masaje de aromaterapia.

Jett seguía tumbado en la hamaca, portátil en mano, cuando ella regresó. Él apartó la vista de la pantalla y la fijó en Olivia vestida con el traje de baño negro, los cabellos recogidos y la piel enrojecida y brillante.

Casi se le escapó un gemido y todo el cuerpo se le tensó.

–¿Te encuentras mejor? –ojalá él pudiera sentirse así también.

118

Todo el día se había obligado a ejercer un autocontrol sobrehumano. Había mantenido las manos apartadas de Olivia y se había negado a pensar en esa botella de champán que había guardado en la nevera de la habitación para la noche.

—Me siento genial –ella estiró los brazos–. Necesito una ducha. ¿A qué hora es la cena?

—A las siete. Nos veremos en el vestíbulo a las siete menos diez –Jett se movió inquieto–. Más vale que te marches ya, antes de que decida acompañarte en esa ducha.

Era una mujer puntual.

Por supuesto que lo era. Todo en la vida de Olivia estaba perfectamente organizado. Jett aguardaba junto a los ventanales del vestíbulo cuando ella se acercó. Al fijar la mirada en el espectacular vestido, sintió que se le secaba la garganta.

El vestido le llegaba a media pierna, acariciándole cada curva. Sus pechos resaltaban en esplendorosa perfección.

Parecía una diosa, y él deseaba adorarla de pies a cabeza, empezando por los bonitos zapatos de tacón.

—Buenas tardes –Olivia sonrió, consciente del impacto que provocaba.

—Ya lo creo que son buenas –él le tomó una mano–. Iremos andando, no está lejos de aquí.

Las mesas estaban dispuestas entre los árboles, iluminados con lamparillas. El sol desaparecía tras los rascacielos, impregnando los manteles blancos de un brillo dorado.

Mientras tomaban el aperitivo, charlaron sobre el día. A medida que se hacía de noche y el cielo se teñía de morado, la conversación se volvió más personal.

Y Jett se descubrió contándole a Olivia cosas de su vida. Habló de las casas de acogida, de sus inicios como ayudante de cocina en París. A diferencia de otras mujeres, Olivia no le hacía sentirse incómoda ni se mostraba curiosa, a pesar de que se notaba que estaba interesada.

–Había pensado llevarte al casino para que todos los hombres se sintieran celosos al verte con ese vestido –Jett le tomó una mano.

–Sinceramente, Jett –Olivia se sonrojó–, preferiría ir a la habitación –sus dedos se entrelazaron.

Él la miró a los ojos oscurecidos por el deseo y la anticipación.

–Estaría bien.

Él la condujo hasta la habitación. Las luces de la ciudad bañaban la estancia.

–Voy a necesitar un poco de ayuda para quitarme este vestido –se llevó las manos a la nuca.

–Esperaba que me dijeras eso.

A Jett le encantó el sensual sonido de la cremallera al bajar, y la cálida sensación de la suave piel desnuda contra su mano. El vestido cayó al suelo y ella quedó vestida únicamente con unas braguitas negras y los zapatos de tacón.

Tenía unos pechos turgentes y tentadores, y Jett los cubrió con las manos.

–Eres la mujer más sexy del mundo –suspiró.

–Tú me haces sentir sexy –Olivia le deshizo el nudo de la corbata, que dejó caer al suelo–, y me gusta

–deslizó un dedo por el fuerte torso, deteniéndose en la cintura del pantalón–. Desde la primera vez que nos vimos, me has hecho sentirme deseada, femenina –lo miró a los ojos–. Eres un maestro de la seducción, y creo que he sucumbido a tu hechizo.

–Te equivocas –él sacudió la cabeza–. Eres tú la hechicera.

–Esto. Nosotros. Lo nuestro. No debería suceder.

Jett estaba de acuerdo. Esa mujer le hacía perder el control y hacerle sentirse invencible.

–No pienso en el futuro –tomándola en brazos, la llevó hasta la cama más cercana–. Solo pienso en esta noche. En nosotros. En ahora.

–Buena idea –Olivia sonrió, deliciosamente desnuda y somnolienta.

–No te muevas –le advirtió él.

–No voy a ir a ninguna parte –la oyó murmurar mientras él se dirigía al minibar.

En menos de un minuto había descorchado la botella de champán y servido dos copas.

–Ahora no te vayas a dormir…

Demasiado tarde. Al acercarse de nuevo a la cama, la descubrió profundamente dormida, roncando suavemente. Jett sonrió. Olivia necesitaba descansar. Al observar el rostro relajado, sin las tensiones de los dos últimos días, la frustración ante el fracaso de la velada desapareció, sustituido por una ternura que jamás antes había experimentado.

Unas sensaciones, nuevas y extrañas, se habían deslizado bajo la coraza sin que se diera cuenta. Sin permiso. Nunca permitía que nadie intimara con él. ¿Qué le sucedía con Olivia? Ella no era como las otras amantes. Era sincera, atenta. Siempre anteponía a los demás. Era naturalmente sexy, casi ingenua, sin astucias ni pretensiones.

Apuró el contenido de su copa y se desnudó, salvo por el calzoncillo, antes de acostarse en el extremo más alejado de la cama.

Aquello no funcionaba, pues seguía oyendo su respiración y hasta su nariz llegaba el almizclado aroma femenino. Encendió el televisor. La teletienda, justo lo que necesitaba.

—Vamos, capitana, hora de levantarse.

Sintió una mano en el hombro.

—¿Qué hora es?

—Las once de la mañana.

—Mentira.

—Ojalá —contestó él—. Has dormido más de doce horas.

—Menos mal —murmuró ella—. Por un momento creí que habíamos hecho el amor apasionadamente y que no me acordaba de nada.

—De haber hecho el amor apasionadamente, te acordarías.

—Cierto —Olivia lo miró a los ojos. Habría gritado de frustración.

—Lo mejor para la autoestima de un tipo.

—Es que me haces sentir segura. Anoche fue la primera vez que me sentí verdaderamente relajada desde el robo, sin pesadillas.

—Me alegro —Jett le besó la frente—, pero el vuelo despega dentro de hora y media. He intentado retrasarlo, pero ha sido imposible —señaló una bandeja de desayuno sobre la mesa—. Tienes el tiempo justo para ducharte y comer algo.

—¿A qué viene eso? —ella notó que se había vestido para trabajar.

—Al parecer mi aventura en el mar ha despertado el interés de la prensa. Me han invitado al programa Taste Buds and Travel, dedicado a las comidas del mundo.

—Conozco ese programa —Olivia comprendió enseguida que no iba a acompañarla de regreso a Hobart.

—Acepté participar por el doble de lo que me ofrecían —Jett sonrió como un niño con zapatos nuevos—. Qué oportuno ¿verdad?

Más bien, inoportuno, pensó ella. No lograba entender por qué se preocupaba tanto por el dinero cuando tenía de sobra.

—Es una gran oportunidad publicitaria —aunque él no necesitaba publicidad.

—Tengo una reunión esta tarde. Luego pasaré la noche en mi casa.

—Suena emocionante. No olvides contarme qué tal te ha ido.

—Serás la primera en saberlo. Olivia...

—¿Sí? —ella se detuvo en seco, aunque no se volvió.

—La única razón por la que voy a considerarlo es Snowflake. Con mi participación en el programa podré promocionarla, y lo que me paguen, junto con las donaciones, irá a financiar tu residencia. Les he explicado mis condiciones, y están de acuerdo.

—Gracias —era un enorme e inesperado rasgo de generosidad—. No sé qué decir...

–Regresaré a Hobart mañana. Puedo pedirle a Emily que se quede contigo.

–No hace falta.

Jett sirvió una taza de café y se la ofreció.

–Después –Olivia corrió al cuarto de baño. Todo habría sido perfecto si le hubiese pedido que se quedara con él.

Capítulo Trece

Olivia estaba sentada a la mesa de la cocina con el móvil pegado a la oreja mientras Jett le contaba las últimas novedades de Taste Buds and Travel.

–Parece divertido –observó ella con voz alegre, aunque por dentro tenía la sensación de que su vida era muy aburrida en comparación.

Y aún no sabía nada de los análisis. Jett ya llevaba cuatro días fuera.

–Deberíamos celebrar una gala benéfica –sugirió Jett. Tengo unas cuantas ideas por si te interesan.

–Me interesan –Olivia sonrió.

–Podemos hablar de ello mañana por la noche cuando esté de vuelta.

–¿Ya has terminado? ¿Vuelves a cas…? –ella agarró el teléfono con fuerza–. ¿A qué hora?

–Estaré allí sobre las siete. Dentro de una hora tengo una cena de negocios con un publicista. Te veré mañana por la noche.

–Hasta mañana –contestó Olivia con una sensación de vértigo en el estómago.

«Lo amo». Las palabras revolotearon en su mente y, sin darse cuenta, se encontró bailando en la cocina.

Sería un secreto que él jamás debía descubrir.

Sin embargo sí podía expresarle su agradecimiento por todo lo que estaba haciendo por ella. Posó la mirada en el robot de cocina que le había regalado y que seguía descansando donde él lo había dejado. Sacó la brillante máquina roja de su caja y buscó algunas recetas en Internet.

El guiso de cordero estaba en el horno y el delicioso aroma a ajo y romero inundaba la cocina. La ensalada de fruta reposaba en la nevera. Solo faltaba la *mousse* de salmón. Iba con un poco de retraso, pero tenía tiempo, solo eran las cinco de la tarde.

Añadió los ingredientes al robot, cerró la tapa y lo puso en marcha. Cuando la mezcla estuvo preparada, desenroscó la jarra de cristal de la base. Y entonces descubrió que la jarra se levantaba de la base, no se desenroscaba. Un *tsunami* de pasta de salmón se esparció por la cocina, empapando también sus pantalones y la camiseta. Para cuando hubo apagado el robot, ya era imposible volver a enroscar la jarra. El robot estaba destrozado y sus manos apestaban a pescado.

El sonido de un coche la propulsó hacia la ventana. Era Jett, y el corazón se le aceleró vertiginosamente.

No podía estar sucediendo. Olivia se lavó las manos y corrió a la puerta. Y allí estaba, sin afeitar, la mirada cargada de tentación y persuasión.

–Has venido pronto. Tengo un poco de lío.

Lo primero que percibió Jett al abrirse la puerta fue cómo se le aceleraba el corazón al ver los cabellos rojos y los ojos azules. Lo segundo, la mancha de su mejilla. Lo tercero, que olía a pescado.

–Tomé el vuelo anterior –porque había sentido la inexplicable urgencia de verla, de observar su rostro iluminarse de sorpresa. Pero Olivia parecía más horrorizada que sorprendida.

–Estaba preparando una *mousse* de salmón y tuve un accidente. O algo así.

–Entiendo. Algo así –Jett se chupó el dedo manchado–. ¿Estabas preparando la cena para mí? –al comprenderlo, sintió que el pecho se le inundaba de calor.

–Tampoco es para tanto –ella se apartó sin dejar de mirarlo a los ojos–. Voy a ducharme y a quitarme esta apestosa… –agitó las manos en el aire–. Primero limpiaré la cocina. En cuanto al robot, lo siento.

–No pasa nada. Te compraré otro.

–Por favor, no lo hagas.

Jett soltó una carcajada. Deseaba besarle esos jugosos labios y absorberla entera, salmón incluido. Deseaba quitarle toda esa ropa y meterse bajo la ducha con ella.

Pero los días que habían estado separados habían borrado la camaradería de Melbourne, y en esos momentos se sentía incómodo. Era como empezar de nuevo.

–¿Por qué no te duchas mientras yo limpio?

–De acuerdo, gracias. El guiso…

–Yo me ocupo.

–Sí, claro –Olivia se dio media vuelta y desapareció.

Jett se quedó mirando la puerta abierta. Nunca había visto a Olivia tan turbada, casi como si se tratase de la primera cita y él se hubiera presentado antes de tiempo. Echó una ojeada al interior de la casa y vio la mesa del comedor cubierta con un mantel que no había visto antes. La cubertería era de plata. Las diminutas rosas las reconoció del jardín.

Se dijo a sí mismo que no significaba nada. Solo

seguía allí con ella para ayudarla, como habían acorda-do. En cuanto todo estuviera encarrilado, se marcharía. Como habían acordado.

Guardó el robot en la caja para tirarlo después. ¿Qué otras sorpresas le habría preparado Olivia para la velada? Llenó el fregadero con agua jabonosa y empe-zó a limpiar.

Olivia bebía los vientos por él, era una mujer her-mosa, sexy, inteligente y valiente.

Dejó su equipaje en el dormitorio que había estado utilizando Olivia, se sentó en el borde de la cama y escuchó el sonido de la ducha en el cuarto de baño. Se la imaginó bajo el chorro del agua con la cabeza echa-da hacia atrás. Se imaginó el agua caliente deslizándo-se por los maravillosos pechos, el estómago. Y más abajo...

El aroma del gel de ducha lo atrajo y, sin pensárselo dos veces, llamó a la puerta del baño.

–Voy a abrir la puerta –anunció–. Quiero decirte una cosa. ¿De acuerdo? –Jett fue recibido por una nube de vapor–. Vuelvo en cinco minutos y pienso meterme en esa ducha –Jett sonrió para sus adentros–. Tú deci-des si quieres quedarte ahí o vestirte.

–De acuerdo –contestó ella.

El pulso de Olivia se aceleró al máximo y respiró hondo mientras el agua caliente se deslizaba por su cuerpo. Desde luego no pensaba irse a ninguna parte.

Minutos después, percibió movimiento al otro lado de la mampara.

–He vuelto –anunció él.

–Ya lo veo –más o menos.

En un abrir y cerrar de ojos, él se había desnudado.

–Quiero que te apartes del chorro del agua y que cierres los ojos.

Ella obedeció y oyó cómo se abría la puerta de la mampara. Jett no la tocó, pero sujetaba algo frío y suave contra sus labios.

–¿Has traído una copa a la ducha?

–Sí. ¿A qué te huele?

–A alcohol. ¿Quieres emborracharme?

–Sé un poco más precisa, por favor.

–¿Ron? –ella sintió un escalofrío de anticipación–. Y menta.

–Pruébalo –Jett inclinó la copa contra sus labios–. ¿Qué más?

–¿Lima? O limón.

–Bien.

–Está bueno –Olivia probó otro poco–. Sensual. ¿Ya puedo abrir los ojos?

–Aún no. Prueba otra vez–. Es mi cóctel de menta.

–Tu receta especial –ella tomó un pequeño sorbo–. ¿Qué más lleva?

–Piensa en ello. Mientras tanto… –él retiró la copa de sus labios y la dejó sobre la repisa del baño–. No abras los ojos.

Jett le introdujo en la boca una fresa mojada en el cóctel, que ella mordió.

–Qué rico. Y diferente.

–Como tú.

Olivia lo sintió moverse a su espalda. El plato de ducha era lo suficientemente grande para ambos y sus cuerpos ni siquiera se tocaron.

–Coloca las manos en la pared –le ordenó él–. Y prepárate para una sorpresa.

La anticipación le hizo estremecerse antes de sentir que algo frío y resbaladizo le acariciaba la nuca. Olivia soltó un grito ante el inesperado placer del calor y el frío.

–¿Hielo?

El frío se derretía contra su piel al contacto con el agua caliente, deslizándose por toda la columna y siguiendo por las piernas, deteniéndose en las corvas. Y de nuevo hasta la nuca.

Oyó a Jett morder el hielo antes de chuparle el hombro, la oreja y el cuello con una lengua helada.

Olivia pensó que iba a fundirse ella también como el hielo y desaparecer por el sumidero, pero él se apoyó contra su cuerpo e introdujo un muslo entre sus piernas para inmovilizarla.

–Separa las piernas para mí –murmuró.

La cálida dureza de su cuerpo la envolvió mientras él continuaba frotando el hielo contra sus pezones, volviéndolos increíblemente tensos y erectos.

–¡Madre mía! –gimió ella, retorciéndose contra él y conteniendo la respiración cuando Jett se introdujo en ella por detrás, llenándola de calor mientras seguía deslizando el trozo de hielo por su piel.

Aquello iba de contrastes y nuevas experiencias, planeadas especialmente para su placer.

Olivia siempre se había jurado que jamás perdería el control, pero aquello invitaba a una deliciosa rendición.

–Échate hacia atrás y sujétate a mi cuello –le indicó Jett–. Quiero sentirte llegar.

–Sí… –Olivia se agarró con fuerza a la nuca de Jett y se estremeció en una sucesión de oleadas. También sintió el temblor de Jett, la brusca y acelerada respiración mientras alcanzaba el clímax dentro de ella. Los músculos de Olivia se tensaron en torno a la erecta masculinidad, llevándolo a su interior, muy dentro.

Y mientras el sol teñía el cielo de oro y carmesí, se tumbaron abrazados sobre la cama.

–Son más de las ocho –observó Olivia–. La cena ya estará lista.

–Tengo algo con lo que podríamos disfrutar antes.

–¿Más? –ella lo tocó bajo las sábanas–. Eres realmente magnífico.

–No tanto –Jett se incorporó y le besó la nariz–. Espera aquí.

En esa ocasión, Olivia no se quedó dormida. Jett regresó con una bandeja con bebidas y un plato de fresas.

–¿Más cóctel de menta?

–Quiero que lo aprecies por completo –él le ofreció una copa y bebió de la otra.

–La primera vez que te vi, lo que más llamó mi atención fueron tus ojos –Jett la contempló.

–¿No mis pechos?

–No, eso fue lo segundo. Sentía esos ojos en mí mientras bajaba la escalera. Y al mirarlos me recordaron a este cóctel. Verde mar con un toque de azul. Y supe que había sido atrapado.

–Por una sirena –Olivia alzó la copa–. No un pirata.

–Sirenas –Jett dejó la copa sobre la mesilla de noche antes de tumbarse a su lado. Lentamente, deslizó una mano por el femenino cuerpo, desde el ombligo hasta los muslos–. Ellas no tienen lo que tienes tú.

–¿Sabes qué? Durante la regata tuve un sueño erótico con un pirata –ella rio.

–Espero que no sucumbieras a sus encantos –él la miró con curiosidad.

–Pues lo hice. Era el capitán Jett Black.

–Ah, claro.

Jett recordó haberla encontrado desfondada sobre el camastro aquel último día de regata. Sabía que había estado pensando en su madre porque Breanna se lo había contado.

–Insististe en que me marchara.

–Acababa de tener un sueño erótico, Jett. Y claro que quería que te marcharas. Qué vergüenza.

–¿Quieres decir que estabas…? –Jett rio ante el sonrojo de la joven.

–Eso jamás lo sabrás, capitán Black –el rostro de Olivia se ensombreció–. ¿Te molestó que te preguntara por tu apellido?

–No, pero me hizo recordar el día que conocí a mi padre.

–Brie nunca me ha hablado de ello –ella lo miró con curiosidad–. No supo de tu existencia hasta que murió vuestro padre.

–Nunca lo supo. Solo tenía un par de meses. Yo tenía cinco años y mi madre acababa de morir de sobredosis –él se encogió de hombros.

–Jett –Olivia posó una cálida mano sobre el fuerte torso–, creo que es hora de que me lo cuentes.

–Era el día de Navidad –Jett suspiró–, y me llevaron a conocerlo. Pero Breanna estaba allí.

Ella lo besó a la altura del corazón y apoyó la cabeza contra su pecho.

–Yo era el producto indeseado de una aventura y sentía rencor hacia Breanna por algo de lo que no era culpable. Por eso convertí la vida de mis familias de acogida en un infierno. No soportaba volver a ser rechazado.

–Brie no sabe nada de esto –observó Olivia con dulzura–. Si se lo contaras, te entendería mejor.

–Lo haré, pronto.

–Quiere ayudarte, pero no sabe cómo.

–Cuando Breanna me localizó, sufrí un shock. Tener una familia y estar unido a alguien era nuevo para mí. Aún lo es.

–Se sintió destrozada cuando supo la verdad –continuó Olivia–. Había perdido a su madre en un accidente pocos años antes. Todo lo que había creído de su familia era mentira. Eres todo lo que tiene.

–Te tiene a ti –Jett hundió los dedos en los cabellos de Olivia.

–Yo no soy de su familia, Jett. Necesita a su familia. Y tú también.

A Jett le hubiera gustado explicarle que se equivocaba, pero no pudo. Porque tenía razón. Brie había demostrado a su familia que el amor podía ser fuerte, comprometido e incondicional. Y él podría disfrutarlo también si quisiera.

–Siento que muriese tu madre –él continuó acariciándole el cabello–. Es evidente que teníais mucho en común y que estabais muy unidas.

–Y de qué manera –la voz de Olivia adquirió un tinte de tristeza.

–¿A qué te refieres? –Jett tuvo la clara sensación de que le ocultaba algo–. Acabo de contarte cosas que jamás le he contado a nadie ¿y tú te niegas a corresponderme?

—No se trata de corresponder —contestó ella irritada—. ¿Por qué es todo tan…?

—¿Qué secreto ocultas, Olivia? —él le sujetó el rostro entre las manos—. Sé que ocultas algo, lo veo en tus ojos. Lo oigo en tu voz.

—Hazme el amor, Jett —los ojos azules se anegaron de lágrimas.

Sin palabras, hicieron el amor con desesperación. Como si jamás pudieran saciarse.

«Hazme el amor, Jett». La súplica resonó en la mente de Jett durante horas. Con Olivia no era solo sexo. Era algo más profundo que el placer. Una cercanía que jamás se había permitido sentir. Una conexión de algo más que dos cuerpos que encajaban como un guante.

Y ahí estaba la diferencia. Había practicado sexo con incontables mujeres, pero jamás les había hecho el amor.

Capítulo Catorce

–Debemos esperar a que regrese Brie –a la mañana siguiente hablaron sobre la gala benéfica.

–¿Dentro de tres semanas, entonces? –Jett estudió sus notas.

–Sí. Nos dará tiempo para organizarla.

–Entonces, ¿cuál será la idea? –preguntó él. Sabía que ella ya tenía la decisión tomada.

Al día siguiente, los planes empezaban a tomar forma. Olivia sugirió celebrar un lujoso crucero nocturno en Hobart. Sería el mejor homenaje a su madre. Para tranquilidad de Jett, el yate no tenía nada que ver con *Chasing Dawn* y el crucero transcurriría en aguas del río Derwent.

Y todo gracias a un multimillonario magnate del petróleo de Sídney a quien Olivia había conocido en Nochebuena. La primera esposa de Joe McPherson había fallecido de cáncer, y se mostró más que dispuesto a ser el anfitrión del crucero antes de que su nueva esposa y él zarparan rumbo a Hawái.

Olivia organizó también una subasta entre los clubes de regatas. Ganarían las cinco personas que más pujaran, y sus parejas.

–Será una velada de lujo y esta gente tiene mucho dinero. Además, harán correr la voz. Conocían a mamá y por eso quieren colaborar con Snowflake y apostar fuerte. No necesitamos una multitud, solo a los más elegidos.

Jett se ocuparía del menú y supervisaría la cocina. Había contactado con algunos cocineros dispuestos a trabajar toda una noche sin cobrar.

Al final de la semana ya tenían a los cinco elegidos, y habían recaudado el doble de lo previsto.

Olivia creyó oír vibrar su móvil un par de noches después, pero lo ignoró, acurrucándose contra el cálido cuerpo que dormía junto a ella. Estaba agotada y falta de sueño, pero feliz, y tenía a un delicioso hombre desnudo pegado a su espalda. Nada ni nadie iba a convencerla para que abandonara la cama hasta, al menos, la hora de comer.

No supo cuánto tiempo había pasado cuando oyó abrirse la puerta. Sentándose de golpe en la cama, se llevó la sábana hasta la barbilla justo en el momento en que Brie asomaba la cabeza por la puerta.

–Hola, dormilona. ¡Uy! –su amiga abrió los ojos desmesuradamente y apartó la mirada–. Lo siento –susurró–. Ya me marcho.

–Vamos a la cocina –Olivia saltó de la cama.

–Lo siento, Liv, al no poder localizarte desde el aeropuerto, utilicé mi llave –se disculpó Brie en la cocina–. Estaba preocupada, pero ya veo que todo va bien. ¿Quién es y dónde puedo conseguir uno igual? –susurró.

–¿No lo has reconocido? –Olivia estuvo a punto de soltar una carcajada.

–Solo he visto unos anchos hombros, una espalda

bronceada, cabellos oscuros y... ¿Me has robado a mi hermano?

—Te lo he tomado prestado.

—Quiero oírlo todo.

—Primero café —ella rio. Llevaban juntos dos semanas—. Me muero de hambre. Anoche no conseguimos cenar y ya empieza a ser costumbre. Una pena, dado que sus talentos abarcan también la cocina.

Frente a una taza de café, se pusieron al día. Para cuando pararon a tomar aire, ya estaban preparando la ensalada.

—Hola —sonó una voz grave, adormilada.

—Hola, Jett —Brie besó a su hermano en la mejilla—. Qué agradable sorpresa.

—¿El qué? —Jett intentó parecer inocente mientras le besaba la frente a su hermana y miraba a Olivia con ojos traviesos.

—Tú, idiota —Brie le golpeó el brazo—. Mira qué relajado se te ve. Y Livvie, con sus mejillas sonrosadas y aspecto feliz.

Olivia preparó el aliño para la ensalada mientras reflexionaba sobre la relación de los tres, unidos por la amistad, el amor y la familia. Sin embargo, Jett siempre estaba de viaje en busca de alguna nueva aventura culinaria. Un par de meses en Tasmania para escribir sus libros y se marcharía. Más le valía aprovechar su compañía mientras durara.

Durante las dos siguientes semanas les siguieron llegando donaciones para la fundación. Cuando Brie no tenía ningún cliente, les ayudaba a elaborar el perfil de los empleados que necesitarían contratar para la residencia.

Aparte de ella y Olivia, iban a necesitar un fisiote-rapeuta, y un chef concienciado con la alimentación ecológica. Y un buen contable, constructores...

Jett disfrutó del trabajo en el jardín, experimentó con nuevas recetas en la cocina de Olivia y le dio unas cuantas lecciones básicas. Y al mismo tiempo, encon-tró la inspiración en el aire puro y magníficos paisajes de Tasmania.

Pero por las noches buscaba otra clase de inspira-ción en la hermosa mujer con la que compartía la cama. Ninguno de los dos intentó definir lo que tenían, ni cuánto iba a durar.

En mitad de la noche, cuando las dudas y las pre-guntas se negaban a abandonarlo, escribía. En una semana tenía preparado el borrador de un libro que supondría un cambio de rumbo. Se titulaba *Ingredien-tes al desnudo para amantes de la comida.* El cóctel de menta bajo la ducha figuraba en la portada. Los bene-ficios irían a la cuenta de Snowflake.

Tuvo que recordarse a sí mismo cuánto le gustaba su estilo de vida nómada. Nuevas ciudades, nueva gente. Libertad. Sin tener que rendir cuentas a nadie. De repente su estilo de vida solitario, lujoso, de escri-tor ya no le emocionaba tanto. Olivia le había enseña-do compasión y empatía. Le había hecho reflexionar sobre su vida y algunas decisiones tomadas. Había convertido a un hombre cínico y egocéntrico en alguien mejor. En un hombre que incluso estaba dis-puesto a arriesgarse y considerar algo más...

Por primera vez en su vida quería construir algo duradero. Y por primera vez le iba a importar si no fun-cionaba.

Los invitados al crucero estaban a punto de llegar, pero el dueño del yate y su esposa pasarían la noche en uno de los mejores hoteles de Hobart.

Y eso dejaba libre el impresionante camarote del capitán, una suite con varias habitaciones, para las dos parejas que hubieran pujado más alto. Jett y ella, y Brie y su pareja de aquella noche, se alojarían en los camarotes de la tripulación.

Olivia echó una ojeada al reflejo que le devolvía el espejo. No había tenido tiempo de comprarse un vestido y Jett le había encomendado la tarea a Tyler. En esos momentos llevaba un ajustado modelo gris plateado con escote halter y una raja hasta medio muslo.

–Perfecta.

Ella levantó la vista. Nunca había visto a Jett vestido de cocinero y las hormonas suspiraron al unísono.

–Y tú estás tan sexy que pareces comestible.

–Eso después –le prometió con una traviesa mirada.

–Vamos a dormir con otra pareja hoy –Olivia rio.

–Siempre nos quedará la noche de mañana.

La mirada de Jett se oscureció y el corazón de Olivia falló un latido. Ambos sabían que no siempre habría un mañana.

Nunca hablaban del futuro, daban por hecho que cada uno seguiría su camino. Él se marcharía y ella se quedaría en Tasmania.

–He estado pensando en ese puesto de cocinero para la residencia –murmuró él.

Olivia sintió un escalofrío. De ninguna manera iba

a permitir que Jett fuera testigo de las inminentes decisiones que iba a tener que tomar. No soportaría su mirada de lástima si optaba por una doble mastectomía.

—Yo de ti no esperaría tanto —ella sonrió con excesiva alegría al espejo—. Aún faltan meses para abrir la residencia. Tus planes siempre han sido marcharte —acariciando el vestido, cambió de tema—. Tyler es increíble. Este vestido es precioso.

—No tanto como la mujer para la que fue diseñado —Jett deslizó las manos hasta su cintura y, lentamente, hacia arriba, hasta los pechos.

Olivia sonrió, buscando su mirada en el reflejo del espejo. Esperando ver de nuevo ese destello de travesura. Recordando que lo suyo era temporal.

—Tu residencia puede ser una realidad antes de lo que crees —de repente él le puso al cuello una cadenita de oro de la que colgaba un pequeño copo de nieve de filigrana con diminutas piedras rosadas incrustadas.

De nuevo el corazón le falló un latido mientras acariciaba la joya.

—Jett, yo…

—Buena suerte esta noche —susurró él antes de desaparecer como si hubiera estado a punto de añadir algo más, pero hubiera cambiado de idea.

Olivia se quedó parada, sin saber qué pensar. Habían sido amantes muy poco tiempo y ambos habían manifestado no querer recuerdos. ¿A qué venía entonces ese regalo tan caro? ¿Tan… recuerdo?

—¿Estás bien, Livvie? —preguntó Brie desde el pasillo.

—Sí, claro. ¿Por qué?

Brie se sentó en la cama.

—Lo tuyo con Jett se está convirtiendo en algo serio.

—No. Solo nos estamos divirtiendo.

—¿Por qué no hablas con Jett?

—¡No! –furiosa, sacudió la cabeza–. Y prométeme que tú tampoco le dirás nada.

—De acuerdo –Breanna suspiró–. Por ahora.

—Quiero disfrutar de la vida como todos. Como tú. Quiero un romance divertido sin ataduras con un tipo agradable. Hasta que llegue la hora de decir adiós. Va a ser una velada estupenda. Nos repartiremos a los invitados.

Pronto el yate se llenó de voces, movimiento y color a medida que llegaban los elegantes invitados con sus lujosos atuendos y brillantes joyas. Unas evocadoras notas de violín y flauta inundaban la cubierta y en el aire flotaba el aroma de los carísimos perfumes, mezclados con el de los canapés. Los camareros iban de un lado a otro sirviendo bebidas.

En el mar se reflejaban la luna y el cielo color violáceo. Estaban a punto de zarpar, Olivia debía asegurarse de que los invitados estuvieran cómodos.

—La pregunta del millón, en boca de todas las mujeres aquí, es si el chef hará una aparición.

—Después de la cena –informó Olivia a una reportera mientras se arrepentía de haber invitado a la prensa a asistir a la llegada de los invitados–. Pero la prensa ya no estará a bordo. Aunque Pink Snowflake…

—¡Ahí está! –exclamó la mujer mientras la apartaba de un empujón y avanzaba hacia su objetivo.

Olivia se volvió sorprendida ante la inesperada aparición y sus miradas se fundieron. Sin darse cuenta, se llevó la mano al colgante. El gesto no le pasó desapercibido a Jett, que sonrió. La joven se dio la vuelta, topándose con otra periodista que había sido testigo de la escena.

–¿Vamos a ver más de esta pareja? –la mujer estudió el rostro de Olivia.

–¿A qué se refiere? –preguntó ella–. No estamos aquí para alimentar chismorreos. Estamos aquí por la fundación Pink Snowflake, ese es el mensaje de esta noche.

Al fin la prensa abandonó el yate y comenzó el crucero.

Como plato principal se podía elegir entre pierna de cordero estofada en regaliz con alcachofas y puré de cebolla caramelizada, o paletilla de cerdo asada con nabos, puré de ruibarbo y salsa de manzana y salvia.

Olivia se sentó frente a James Harrison, dueño de una famosa cadena de clubs nocturnos de Sídney. Atractivo, en la cuarentena, tenía una sonrisa de playboy. Su pareja, Sue, estaba concentrada en una conversación con Sandra Hemsworth.

–Tienes que venir al club cuando estés en Sídney –James la miró con un brillo travieso en los ojos–. Llámame para asegurarme de estar allí.

–No sé cuándo iré a Sídney, James. De momento tengo mucho que hacer aquí.

Olivia miró a Sue, que los observaba sonriente.

–Soy su hermana –aclaró–, por si te lo estabas preguntando.

–¡Oh! –Olivia soltó una carcajada aunque una nueva tensión se apoderó de ella. Porque James, Jim, no ocultaba su interés–. ¿Es un negocio familiar?

Durante el resto de la cena, consiguió centrar la conversación en los clubes nocturnos y la fundación. Y también en las regatas. No olvidó mencionar su deseo de vender *Chasing Dawn*.

En la zona de ocio se sirvió una selección de postres y café. Jett y sus cocineros ayudantes aparecieron para saludar a los invitados.

De buena gana aceptaron los aplausos de los comensales. Olivia pronunció un breve discurso en el que agradecía el apoyo de todos y les deseaba una agradable velada. Por último, Brie habló de Snowflake.

Olivia huyó a un rincón solitario de cubierta. Jett había concluido su trabajo por aquella noche y en cualquier momento empezaría a buscarla.

¿Cómo debía responderle si volvía a mencionar el puesto de chef para la residencia?

—Bonita noche.

—James... —Olivia sonrió, aunque deseó encontrarse en cualquier otro lugar.

—¿Iba en serio lo de vender *Chasing Dawn*?

—Es un navío de setenta años con el casco de madera. Necesito encontrar a alguien que lo ame tanto como yo, con todas sus cicatrices.

—Sea cual sea el precio de venta, lo duplico.

Olivia dudó. Qué tontería mostrarse sentimental con un montón de madera vieja. Necesitaba mucho más el dinero. Y siempre conservaría los recuerdos de su madre y ella explorando las bahías y ensenadas de Tasmania.

¿Para qué querría James Harrison, dueño de un enorme yate, una barquita como *Chasing Dawn*?

Jett se encontró a Olivia en cubierta, y estaba a punto de abordarla cuando vio que no estaba sola, sino con el mismo tipo que la había devorado con la mirada durante el postre. Un sentimiento, nuevo para él, le agarrotó el estómago hasta casi privarle de aire.

Celos. El uniforme de cocinero de repente le apretaba y tuvo que desabrocharse el primer botón de la chaqueta. A sus oídos llegaba la conversación que mantenían. No solo quería a su mujer, también su barco.

¿Aún estaba decidida a vender *Chasing Dawn*? De ninguna manera. Olivia adoraba ese barco.

–Amigo, llegas tarde –en cuatro zancadas, Jett estuvo a su lado.

–¿Qué? –Olivia se llevó una mano al pecho–. Jett, ¿de dónde has salido?

–Lo siento, nena, no pretendía asustarte –él se presentó–. Jett Davies.

–Jim –el otro hombre le estrechó la mano–. Bonita cena, Jett.

–Pues como iba diciendo, lo siento, Jim, me lo ha prometido a mí –Jett rodeó a Olivia por la cintura y la atrajo hacia sí–. ¿Verdad, capitana?

–¿Es eso cierto, Olivia? –Jim frunció el ceño.

–Yo, eh… –ella se apartó de ambos–. Aún no me he decidido.

–Olivia, yo… – Jett tuvo la desagradable sensación de que no se refería únicamente al barco.

–Si me disculpáis –Olivia los miró con ojos desmesurados antes de darse media vuelta.

å

Capítulo Quince

Evitar a Jett durante el resto de la velada fue sencillo, pues él también parecía mantenerse alejado. No lo volvió a ver en cubierta, ni en la zona de ocio donde se servía una última copa.

Pero, cuando atracaron en el puerto para pasar la noche, los nervios se le tensaron hasta casi romperse.

–¿Estás bien? –Jett la esperaba en el camarote de la tripulación.

–Pues no. ¿En qué pensabas al avasallarme así? No necesito que tú ni nadie me diga qué hacer. Es mi vida y yo decido –los motivos de Jett le daban igual–. No me apetece discutir. Yo…

–Y por eso me marcho –Jett tomó su bolsa de viaje.

–¿Te vas? –el estómago a Olivia le dio un vuelco–. Yo solo quería…

–Está bien, capitana –él sonrió, pero no como el Jett que ella respetaba.

Y amaba.

–Sé que no quieres una escena –continuó él mientras se dirigía a la salida–. Y este no es momento ni el lugar –le besó suavemente la frente–. Ha sido un éxito para Pink Snowflake. Enhorabuena.

Olivia quiso explicarle que no había pretendido atacarlo así. Quiso disculparse y pedirle que se quedara, pero sabía que Jett tenía razón, había demasiada tensión sin resolver entre ellos, y ese no era el lugar para resolverlo.

—Jamás podría haberlo hecho sin ti —contestó ella.

—Claro que podrías —Jett se volvió con una sonrisa cargada de cansancio.

Apenas durmió. Olivia culpó al estrecho camastro, pero echaba de menos el cuerpo de Jett a su lado. Sus últimas palabras aún resonaban en su mente. «Claro que podrías».

¿Qué había querido decir? ¿Que confiaba en sus habilidades o le anunciaba que estaba sola? No quería seguir sola. Ya no. Iba a echar de menos a Jett.

Cuanto más lo pensaba, más segura estaba de que la había abandonado. El collar era un regalo de despedida. Le estaba diciendo que ya no lo necesitaba, que había llegado la hora de pasar página.

Olivia estaba preparada. Tenía el corazón roto, pero estaba preparada.

Había quedado a las nueve de la mañana con el dueño del yate y su esposa en el hotel, de modo que su aparición a bordo mientras estaba desayunando con los invitados a las siete y media fue toda una sorpresa.

—Joe, Tessa, buenos días —ella se levantó para saludar a la pareja—. ¿Me equivoqué de hora?

—No —Joe sonrió resplandeciente—. Tess y yo queríamos veros antes de que os marcharais todos. Tenemos algo para ti —sacó un papel del bolsillo de su chaqueta—. Creemos en la fundación Pink Snowflake. Me cautivaste con tu entusiasmo en Nochebuena. Adoro las buenas causas.

–Yo también –Olivia sonrió.

–Estuvimos hablando –Joe intercambió una tierna mirada con su esposa–. Nos gustaría formar parte de vuestra residencia. Queremos verla construida en los próximos seis meses –le entregó a Olivia un cheque a nombre de la fundación.

–¡Madre mía! –Olivia contempló la cifra de seis dígitos con una mezcla de incredulidad y gratitud–. No sé cómo daros las gracias –hizo una pausa y, de repente, lo supo–. Sí, lo sé. Se llamará Residencia McPherson.

El sudor le emborronaba la visión. Jett se quitó la camiseta y la arrojó sobre un arbusto antes de hincar la pala en la tierra otra vez. Necesitaba la distracción del calor, el trabajo duro.

–Jett…

Él levantó la vista. Olivia lo observaba.

–¿Cuánto hace que estás ahí?

–El tiempo suficiente para ver que vas a hacerte daño si no te relajas –Olivia le arrancó la pala de las manos y la arrojó al suelo–. Basta ya. Los golpes de calor no son nada divertidos.

–Lo de anoche mereció la pena ¿verdad? Estuviste sensacional.

–Mereció la pena, pero no lo hice yo sola. El menú fue espectacular. Y aún no sabes la buena noticia. Los McPherson han donado el dinero necesario para construir la ampliación.

–Eso sí que es una buena noticia. Pero te fallé. Te ocupaste tú sola del desayuno.

–Todo estaba preparado. Solo tuvimos que…

–¿En qué estabas pensando? –Jett estalló furioso–. *Chasing Dawn* no está en venta.

–¿Y eso quién lo ha decidido? ¿Tú?

–Sí, yo. Al menos no a él.

–¿A Jim? ¿Por qué no?

–No me gustó su traje, ni su nombre, ni su loción de afeitar. Intentaba seducirte. ¿No te diste cuenta?

–¿Y qué si lo hacía? –preguntó ella, furiosa–. No le correspondí. ¿No te diste cuenta? Lo nuestro es temporal. Tarde o temprano te marcharás.

–Espera un momento…

–Dijiste que siguiera yo sola –ella no le dejó continuar.

–¿Cuándo?

–Anoche. Cuando me dejaste ahí plantada con tu regalo de despedida colgado del cuello. Te dije que no podría haberlo hecho sin ti, y tú dijiste…

Frustrado, Jett comprendió que Olivia había malinterpretado sus palabras.

–Olivia, cariño, eso no fue lo que quise decir –él vio confusión en los azules ojos y se acercó a ella–. Me refería a que eres la mujer más capacitada que he conocido jamás, no que quisiera que lo hicieras tú sola. Te pido disculpas si no me expresé con claridad.

Ella sacudió la cabeza y pareció encogerse, como si no quisiera oírlo.

–Y el supuesto regalo de despedida –Jett se sentía cada vez más inquieto–. Era un regalo de agradecimiento y de «me pareces muy especial». ¿No lo comprendiste?

–No sé. Ningún hombre me había regalado algo tan íntimo y caro.

—Y tú eres la primera mujer a la que regalo joyas —le aseguró él—. La única mujer a la que se las regalaré jamás.

—Jett, creo que deberías…

Jett no la dejó continuar y, sujetándola por los hombros, vertió su corazón y su alma en el fondo del mar de sus ojos.

—Adoro cómo me haces reír. Adoro cómo discutimos y nos reconciliamos. Cómo sacas algo bueno de lo malo. Cómo me obligas a ser responsable por las palabras que salen de mi boca.

Por primera vez en su vida, estaba abriendo su corazón, pero Olivia no respondía.

—Toda mi vida he sido un vagabundo. Tú eres la única mujer que me ha hecho desear quedarme, querer arriesgarme. Quiero formar parte de tu sueño.

Jett continuó.

—Voy a pedir ese puesto de chef, aunque sea con dos años vista. Porque dentro de veinte años seguiré estando aquí, trabajando contigo para convertir ese sueño en realidad.

Le retiró un mechón de cabellos de la frente.

—Si aún no está claro, te lo diré en cuatro palabras: compromiso. Para siempre. Familia. Quiero verte sentada en una mecedora, acunando a nuestro primer hijo contra tu pecho. Y quiero verte en esa misma mecedora cuando celebremos nuestro sesenta aniversario de boda, rodeados de nuestros niet…

—¿Y qué pasa si ya no tengo esos pechos que tanto te gustan? —las palabras salieron de labios de Olivia antes de poder evitarlo.

—¿A qué te refieres?

–¿Hijos? ¿Matrimonio? –los ojos le ardían–. ¿Qué hay de malo con lo que tenemos ahora?

–Ya no basta –contestó él–. Quiero más. Encontré a una hermana, luego a su mejor amiga y he decidido que la familia está bastante bien.

–No –ella sacudió la cabeza–. Ya tengo mi vida planeada y no incluye ninguna familia. Brie es tu familia, y te ama.

–Tú eres la mujer a la que amo.

Las palabras resonaron en el aire y Olivia clavó una incrédula mirada en Jett.

–No –Olivia sentía el corazón en un puño–. Eso no fue lo que acordamos.

–Pues entonces dime que me marche –en el rostro de Jett se reflejaba la desesperación, la angustia–. Dime que no me quieres en tu vida.

–No es tan sencillo.

–Sí, Olivia, sí lo es.

–Por favor, Jett, nunca quise hacerte daño. Tienes que creerme.

–Estaré fuera de tu vida en treinta minutos –la derrota imprimió una nota ronca a su voz–. Hasta entonces, te agradecería que te mantuvieras alejada de mí.

Jett se dio media vuelta. Iba a marcharse. Para siempre.

–Espera –solo quería volver a mirarlo una vez más. Jett se detuvo, aunque no se volvió–. Quiero decirte algo antes de que te marches.

Él asintió a modo de respuesta.

–Gracias por todo.

Algo en su tono de voz debió llamar la atención de Jett, que se volvió y la miró detenidamente.

–¿Estás enferma? ¿Es eso?

–Que yo sepa no –un atisbo de sonrisa asomó a los labios de Olivia–. Aún no.

–¿Y hay algo más? –Jett pareció relajarse, aunque el rostro seguía igual de sombrío.

«Solo que te quiero y que quizás algún día comprendas por qué tomé esta decisión».

Él sacudió la cabeza y reanudó la marcha.

Olivia se quedó sentada en el balcón, mirando, sin ver, en dirección al río Derwent, hasta que oyó arrancar el coche de Jett. Y se puso en marcha. Cambió la ropa de la cama y las toallas. Sin recuerdos.

Al día siguiente llamaría a Brie. Se lo explicaría. Le haría comprender. Y después zarparía en el *Chasing Dawn* y pasaría la noche bajo las estrellas, como solían hacer su madre y ella. Como había hecho la noche tras su muerte.

Jett había ido en busca de Breanna, que lo había abrazado. Y luego se lo había contado.

–Le prometí no decirte nada –observó ella–, pero ¿nunca te has preguntado de dónde le viene esa actividad? ¿Por qué todo tiene que estar hecho ayer? ¿Cómo es posible que estudie, trabaje, dirija una fundación y proyecte una residencia, todo a la vez? ¿Por qué te apartó cuando su mirada dice algo muy diferente?

Jett recordó el día de Año Nuevo, cuando habían hecho el amor sobre la mesa del comedor. Irradiaba tanta energía que daba la sensación de querer vivir toda una vida en unos pocos y alocados instantes.

Y ya tenía la respuesta.

—Se muere.

—No —su hermana sonrió, aunque su mirada indicaba que tenía una parte de razón.

—Pues entonces no lo entiendo. Su madre, su familia, sus antecedentes.

—Vuelve y oblígale a hablar.

Olivia no lo oyó entrar, no lo vio hasta que se sentó en el suelo a su lado.

—Olivia —la voz de Jett era pausada.

—¿Cómo has entrado?

—Breanna me dio su llave.

—Te lo ha contado —ella se secó las lágrimas—. Me prometió…

—No me lo ha contado —la interrumpió él—. Me dio su llave para que pudieras contármelo tú.

—¿Por qué has vuelto? —Olivia cerró los ojos.

—Hay tesoros por los que merece la pena quedarse, y algunos problemas también.

—Este problema no.

—Deja que sea yo quien decida en qué clase de problemas quiero meterme. Te amo.

—No deberías.

—¿Tú me amas?

—Sí —Olivia ya no podía seguir negándolo—. Pero eso no importa.

—Te equivocas, sí importa. Mírame —sujetándole la barbilla, la obligó a mirarlo—. Importa más que el aire que respiro. Has confiado en mí antes ¿lo sigues haciendo?

—Sí, pero…

–No hay peros –Jett le cubrió los labios con un dedo–. Te prometo que seguiré aquí por la mañana. Y la semana que viene. El año que viene. Mientras me sigas amando.

–Siempre te amaré, Jett. Pero no sé cuánto tiempo durará ese «siempre» –Olivia desvió la mirada.

–Nadie sabe de cuánto tiempo dispone. Cuéntamelo, cariño.

–Estoy esperando los resultados de unas pruebas.

–¿Y…?

–Y… todas las mujeres de mi familia son portadoras de la misma mutación genética. La prueba determinará si yo también –ella se mordió el labio–. Tengo miedo.

–Es normal que estés asustada –Jett la abrazó–. Yo también lo estoy. Pero vamos a enfrentarnos a esto juntos. Eres resistente, formidable. Intentaste ahorrarme este sufrimiento, y eso te convierte en la persona más generosa que he conocido jamás.

–No lo creas –Olivia sacudió la cabeza–. He llenado mi vida de trabajo y beneficencia para distraerme.

–Podrías haberte distraído de muchas maneras, más satisfactorias.

–Lo hice. Por eso me lie contigo.

–Una muy buena decisión, por cierto.

–Cuando me di cuenta de que me estaba enamorando de ti –Olivia respiró entrecortadamente–, intenté apartarte de mi lado porque a lo mejor así conocías a alguien que te diera hijos y todo eso.

–¿Y quién eres tú para tomar esa decisión por mí? Tengo derecho a tomar mis propias decisiones. Pensé que estábamos de acuerdo en eso.

—Supongo que no lo vi claro del todo.

—¿Qué probabilidades hay de que el resultado sea positivo? —murmuró él.

—Elevadas.

—Lo mejor es saberlo cuanto antes —Jett le dio un beso en la mejilla—. Pase lo que pase, haremos planes juntos.

—¿Y qué pasa con los críos y la familia?

—¿Sin ti?, ni hablar.

Ese hombre arriesgaba su propia felicidad, su oportunidad de tener una familia. Permanecería a su lado. Una sensación de felicidad y de alivio inundó a Olivia.

—No me había dado cuenta de lo mucho que te necesitaba hasta que te marchaste.

—Es la primera vez que alguien me necesita. ¿Tienes idea de cómo me siento?

—Maravillosamente. Especial. Porque ahora yo también sé que tú me necesitas.

—Métetelo en la cabeza. Me quedaré contigo hasta el final, aunque estoy seguro de que las noticias van a ser buenas.

—Pero si no lo son, habrá decisiones importantes que tomar, como si operarme o no.

—Ahora no —Jett la silenció con un dedo en los labios.

—Si te hubieras marchado…

—No iba a irme a ninguna parte sin respuestas. No me rindo tan fácilmente. Pero cuando comprendí lo que estaba sucediendo, no supe cómo llegar a ti. Menos mal que tengo a Breanna.

—Menos mal —ella le tomó una mano—. La familia es lo mejor.

***

—Satélite número dos, puntual, capitana –Jett señaló el cielo un par de semanas después–. Habían salido a navegar en el *Chasing Dawn* y, tumbados sobre la cubierta, contemplaban las estrellas.

—Si los resultados son negativos, el riesgo que tienes de desarrollar cáncer no es mayor que el mío.

—Sí –Olivia lo miró–. Solo hay que esperar.

—Pues hay algo para lo que no quiero esperar –Jett se incorporó–. Este es un lugar tan bueno como cualquier otro para pedirte que te cases conmigo.

—¿Casarme contigo? ¿No quieres esperar hasta…?

—Ni una palabra más.

—Quería decir hasta que salga la luna –Olivia sonrió–. En unos diez minutos. Lo tomas o lo dejas.

—De acuerdo –él se relajó–. Supongo que se me ocurrirá algo que hacer durante los próximos diez minutos. Lo tomas o lo dejas.

Jett le deslizó un anillo en el dedo corazón de la mano izquierda. Un copo de nieve engarzado sobre oro rosa, a juego con el colgante.

—Diamantes rosas –ella sonrió mientras lo acariciaba–. Es perfecto. Y hace juego con el collar.

—Cuando encargué el colgante, se me ocurrió que también quería el anillo.

Olivia se arrojó en sus brazos.

¿Cuándo dices que lo encargaste?

Él se limitó a dibujar una traviesa sonrisa en el rostro.

—Cómo me gustan los hombres seguros de sí mismos.

Epílogo

–Brie llega tarde –Olivia tamborileó sobre el mantel. Fijó la mirada en el anillo y sonrió.

Habían mantenido la fecha de la boda en secreto hasta saber los resultados de las pruebas. Y al fin Olivia había sabido que eran negativos. Y se moría de ganas de contárselo a su mejor amiga y futura cuñada.

–Relájate –Jett sirvió dos copas con champán–. Breanna no es famosa por su puntualidad.

–¿Qué estamos celebrando? –Brie hizo su entrada un par de copas más tarde.

–Dos cosas. Ya tengo los resultados: son negativos.

–¡Livvie! –Brie abrazó a su amiga–. Cuánto me alegro por ti. Por los dos –también abrazó a Jett antes de sentarse–. Dijiste dos cosas.

–Nos casamos dentro de una semana. Queremos ser una familia –Olivia rio–. La ceremonia se celebrará a bordo del *Chasing Dawn* durante la puesta de sol del domingo, y te queremos de testigo.

–Qué romántico –Breanna sonrió–. Esperad un momento –sacó el móvil del bolso y empezó a tomar fotos–. Quiero recuerdos para vuestro álbum.

–Creo que es hora de que nos hagamos una foto besándonos, para la portada del álbum.

–Tienes razón –Jett sonrió y se inclinó hacia su futura esposa.

Deseo

La falsa esposa del jeque
Kristi Gold

El príncipe Adan Mehdi no solía rechazar a una mujer hermosa, pero Piper McAdams poseía un aire tan inocente que eso parecía lo que un hombre de honor debía hacer. Ella creyó en sus buenas intenciones hasta que apareció la exnovia de Adan con el hijo de ambos, y Piper accedió a enseñar a Adan a ser un buen padre e incluso se hizo pasar por su esposa hasta que él consiguiera la custodia del pequeño.

Actuar como pareja no tardó en poner a prueba la resolución de Adan y, muy pronto, la situación entre ambos se hizo más ardiente de lo que ninguno de los dos hubiera imaginado nunca.

*¿Formaría parte de su futuro
una boda de verdad?*